Moussa Afschar

Geister die Allah rief

Der Islam und seine Unterwelt

D1865494

Martin-Blaich-Verlag

Alle Rechte vorbehalten
Bestellnummer: BPB 6007 GER
Erste Auflage: 2004
ISBN 3-9809381-6-6
Martin-Blaich-Verlag
Postfach 100664 • 70005 Stuttgart

Inhalt

Einführung 4

I. Wurzel des Volksislam
in Arabien 6

II. Ein Islam oder
mehrere „Islame"? 19

III. Eine Welt des Satan
und der Dämonen 34

IV. Alltag in der Geisterwelt des Islam 51

V. Islam gegen Islam 64

Schlusswort 72

Quellen 75

Einführung

Der Islam, wie man ihn aus den Büchern kennt, ist oft anders als der Islam, wie ihn das Volk lebt. Dies fiel erst den Missionaren auf. Seit man diesen Unterschied kennt, spricht man von „Schriftislam" und „Volksislam". Mit dem Schriftislam ist der Islam der Gelehrten gemeint, der an den theologischen Lehranstalten des Islam unterrichtet wird. Der Volksislam dagegen ist der Islam der Volksprediger und des Volkes, er ist der gelebte Islam, eine Glaubenswelt voller Geister und Dämonen.

Bücher über Geister und Dämonen haben in der ganzen islamischen Welt die höchsten Auflagen. Die Geister sind ein Teil des islamischen Alltags. Für den einfachen Muslim ist ihr Dasein genauso selbstverständlich wie das des Nachbarn nebenan. Wie der aufgeklärte Europäer einen Psychiater aufsucht, so geht der Muslim zu einem „Dämonenspezialisten". Im muslimischen Afrika spielt kaum eine Fußballmannschaft, ohne vorher den Beistand der Geister erfleht zu haben. Mittlerweile zählt manch ein Medium oder Wahrsager in den muslimischen Ländern zu den reichsten Personen.

Der Geister- und Dämonenkult der Muslime ist jedoch weder eine Erfindung des einfachen Volkes noch ein außerislamisches Erbe. Der Geister- und Dämonenglaube ist ein ureigenes Produkt des Islam. In Mohammeds Vorstellung waren Geister und Dämonen allgegenwärtig. Er sprach sogar von seinem persönlichen Dämon, der ihn auf Schritt und Tritt begleite.[1] Schließlich begegnen wir im Koran selbst einer Schar von Dämonen, die ihren Glauben an Allah und Mohammed bezeugen.

Der Volksislam ist nicht die Verfälschung des Islam, sondern seine volkstümliche Erweiterung und volksnahe Praxis. Dementsprechend groß ist auch die Zahl seiner Anhänger. Der Volksislam umfasst beinahe alle Muslime. Ob fanatisch oder liberal, Fundamentalist oder Namensmuslim, jeder Muslim weltweit ist mehr oder weniger durch volksislamische Gedanken geprägt. Selbst Atheisten unter den Muslimen sind davon nicht frei.

Der Islam ist nicht nur ein Sicherheitsproblem für die Welt, sondern er ist zunächst eine geistliche Herausforderung. Je mehr wir uns mit dem Islam beschäftigen, desto besser verstehen wir die Worte des Apostels: „Wir haben nicht mit Fleisch und Blut zu kämpfen, sondern mit den Herren der Welt, die in dieser Finsternis herrschen, mit den bösen Geistern unter dem Himmel."

1 Ahmad, Bd. I, S. 385.

I. Wurzel des Volksislam in Arabien

Eine Entdeckung der Missionare

Es waren die Missionare, die zum ersten Mal vom „Volksislam“ gesprochen haben. Es ist ihnen aufgefallen, dass der gelebte Islam etwas anders war als der Islam der Bücher. Kaum hatte die evangelische Mission unter den Muslimen begonnen, schon erschienen die ersten Aufsätze und Bücher der Missionare zum Volksislam.[1] Diese Werke sind auch heute unverzichtbar. Denn sie wurden nicht aus einem akademischen Interesse verfasst, sondern aus dem Wunsch heraus, Muslime und ihre Glaubenswelt besser zu verstehen.

Die „alte“ Missionsliteratur zum Volksislam[2] ist auch deshalb wertvoll, weil die Glaubensvorstellungen der Muslime sich nicht viel verändert haben. Nach wie vor glauben Muslime an die Allgegenwart der Dämonen und Geister. Überall in der islamischen Welt oder wo immer Muslime leben, gibt es islamische Hellseher, Wahrsager, Handleser, Magier u.s.w. Anders als früher sind die heutigen „Zaubermänner und -frauen“, der Muslime gebildet und bedienen sich aller Möglichkeiten des technischen Fortschritts. Wer geglaubt hat, die Bildung werde den Aberglauben beseitigen, hat sich geirrt.

Genauso alt wie der Islam, vielleicht älter

Der Volksislam ist eine Religion der Geister. Jeder Muslim ist sich mehr oder weniger ihrer Anwesenheit bewusst. Oft haben islamische Theologen für den Volksislam nur Verachtung übrig. Auch die westlichen Experten schätzen den Volksislam nicht sehr hoch. Der Grund dieser Geringschätzung ist der Gedanke, der Volksislam sei nicht der wahre Islam. In Wirklichkeit ist der Volksislam genauso „islamisch“ wie der Islam der Theologen. Vieles im Volksislam geht unmittelbar auf Mohammed und den Koran zurück, manches ist sogar noch älter. Deshalb lohnt es sich, das Arabien des 7. Jahrhunderts im Blick zu behalten. Denn das religiöse Umfeld, wo Mohammed zur Welt kam und der Islam entstand, ist für das Verständnis des Volksislam von entscheidender Bedeutung.

Sicher enthält der Volksislam manches von einheimischen Kulturen und nichtislamischen Religionen. Ein erheblicher Teil des Volksislam gehört jedoch zum vorislamischen Umfeld Arabiens. Zwar bekämpfte Mohammed die Götzenanbetung seiner Landsleute. Er nahm an der Zerstörung der arabischen Götzen selber teil.[3] Jedoch nahm er gleichzeitig vieles aus dem arabischen Heidentum auf und machte es zu einem Bestandteil des Islam.

Mohammed und sein Umfeld

Als Mohammed etwa 570 in Mekka zur Welt kam, war Arabien eine abgeschottete Halbinsel.[4] Dennoch konnte man dort Spuren aller in der Region bekannten Religionen begegnen. Judenkolonien gab es in den nördlichen Teilen der Arabischen Halbinsel. Das Christentum fasste dagegen nur im Süden Fuß. Es stammte aus Syrien und dem Irak.[5] Neben Christentum und Judentum gab es auch Mischformen von Sekten mit anderen Religionen. Dabei nennt der Koran auch solche „Religionen", über welche die Forscher sich bis heute den Kopf zerbrechen.[6]

Altarabische Götzenwelt

Neben diesen zahlreichen fremdländischen Religionen bestand natürlich das altarabische Heidentum. Der Islam nennt die vorislamische Zeit in Arabien „Zeit der Unwissenheit".[7] Die Muslime waren von Anfang an bemüht, jede Erinnerung an die Zeit vor Mohammed auszulöschen. Der Koran ist unsere einzige Informationsquelle für das heidnische Arabien und er kann einiges über die Zustände in Arabien und im Umfeld Mohammeds verraten. Man muss ihn nur aufmerksam und kritisch lesen.

Wir wissen heute, dass jeder Stamm damals seine eigene Gottheit hatte. Manche Götter und Göttinnen hatten an diesem oder jenem Ort ihren Sitz und waren etwa in einem Baum, Felsblock oder einem besonderen Stein gegenwärtig.[8] Der Koran berichtet von einigen solcher Götzen. An einer Stelle nennt der Koran fünf Götzen: *„Und sie sagten: ‚Gebt doch nicht eure Götter auf! Gebt weder Wadd auf, noch Suwa, noch Yaghuth, Ya´uq oder Nasr!'"*[9]

„Allah und seine Töchter"

„Hubal" war der wichtigste Götze in Mekka, dem Geburtsort Mohammeds. Man konnte ihn auch „Herr des Hauses" oder einfach „Herr" oder auch „Allah" nennen.[10] Hubal genoss beinahe die gleiche Verehrung wie später Allah. Vielleicht wurde er im Islam von Allah abgelöst.[11] Neben Hubal ragten drei weitere Götzen heraus: Manat, Lat und Uzza. Sie werden alle im Koran genannt: *„Was meint ihr von Lat und von Uzza und Manat, der dritten daneben?"*[12]

Lat (Al-Lat) war eine Göttin, die auch vom Stamme Mohammeds verehrt wurde. Sie könnte das weibliche Gegenstück zu Allah gewesen sein.[13] Sie und Manat galten als die Töchter Uzzas.[14] Darüber hinaus gab es im Zentralheiligtum Kaaba vermutlich über 300 Götzen. Ganz oben stand Allah[15], den Mohammed in den alleinigen Schöpfer der Himmel und der Erde verwandelt hat.

Auch die arabischen Heiden beteten zu Allah

Der Islam wird als „strikter Ein-Gott-Glaube" beschrieben. Nicht nur Muslime sind stolz darauf, auch die nichtmuslimischen Wissenschaftler sind dieser Meinung. Schon in seinem Glaubensbekenntnis verkündet der Islam: „Es gibt keinen Gott außer Allah!" Der Koran verflucht die Christen, weil er ihnen vorwirft, „mehrere Götter zu haben" und nicht „den alleinigen Allah" anzubeten.

Die Anbetung Allahs war jedoch keine Erfindung Mohammeds. Auch seine heidnischen Landsleute, die er als Götzenanbeter verachtete, kannten Allah. Sie wussten, dass es einen einzigen Allah gibt und dass er über allen weiblichen und männlichen Götzen thront. Selbst der Koran bestätigt dies. Der Islam macht den arabischen Götzenanbetern nur den Vorwurf, Allah nur in äußerster Not anzurufen, ihn jedoch zu vergessen, sobald die Gefahr vorbei ist:

„*Wenn sie ein Schiff besteigen, beten sie zu Allah, indem sie sich in ihrem Glauben ganz auf ihn einstellen. Aber nachdem er sie an Land gerettet hat, haben sie nichts Eiligeres zu tun, als ihm andere Götter beizugesellen.*“[16]

Etwas hat der Islam jedoch in der Tat ausgetilgt: weibliche Götzen wie Uzza und die Töchter Allahs. Dabei spielte die Verachtung des weiblichen Geschlechts eine große Rolle. Nach der Vorstellung des Islam hätte man Allah schlimmer nicht verleumden können, als ihm ausgerechnet Töchter zuzuschreiben.[17] Als sie von den Töchtern Allahs sprachen, kam es den arabischen Götzenanbetern wahrscheinlich nicht einmal in den Sinn, ihren obersten Götzen herabzuwürdigen. Denn anders als im Islam wurden die Töchter im arabischen Heidentum nicht verachtet.[18]

Das Heidentum – islamisch lackiert

Dass die altarabische Götzenanbetung den Islam überleben konnte, ist muslimischen Eiferern immer wieder aufgefallen. Sie konnten natürlich nicht zugeben, dass es der Islam selbst war, der vieles aus dem Heidentum einfach übernommen hat. Im Gegenteil! Sie stellten sich den Islam als eine Religion vor, die mit dem Heidentum nichts zu tun habe. Wenn heute Reste der altarabischen Götzenanbetung immer noch wirksam sind, so seien dafür Muslime verantwortlich, die sich von ihren alten Sitten nicht ganz befreit hätten.

Gegen die „heidnischen Reste im Islam" kämpfte im 18. Jahrhundert ein strenger Muslim namens Mohammed b. Abdalwahhab. Seine fanatische Richtung herrscht heute offiziell in Saudi-Arabien. Er und seine Anhänger warfen fast allen Muslimen vor, genauso heidnisch zu sein wie die „ungläubigen Zeitgenossen" Mohammeds. Der Volksislam war für sie die Fortsetzung des arabischen Götzendienstes. „Nach wie vor verehrt man heilige Bäume und Steine, betet neben Allah andere Götzen an", stellten sie fest.

Welche Konflikte in der islamischen Welt zwischen dieser Richtung und dem Volksislam stattfinden, wird uns später beschäftigen. An dieser Stelle wollen wir nur so viel sagen, dass es auch dieser Richtung nicht gelungen ist, den Islam wirklich von heidnischen Elementen zu befreien. Dies ist auch unmöglich, es sei denn, man erklärt einen erheblichen Teil des Islam für „nichtislamisch". Mit zwei Beispielen wollen wir dies verdeutlichen.

Der heilige schwarze Stein des Islam

Die heidnischen Araber vor Mohammed kannten heilige Steine, Bäume, Quellen u.s.w. Überall witterten sie Geister und Dämonen.[19] Von diesen heidnischen Verehrungsobjekten haben einige mit der Zustimmung Mohammeds die vorislamische Zeit überlebt und wurden in den Islam eingegliedert.

Das berühmteste Beispiel des im Islam fortgesetzten Heidentums ist der sogenannte „Schwarze Stein“. Er genießt nach wie vor die größte Beliebtheit der Pilger. Ihn anzufassen und zu küssen ist ein fester Bestandteil der islamischen Wallfahrt in Mekka.

Dabei handelt es sich um einen Meteoriten. Araber, die auch die Sonne und Sterne verehrten, hielten ihn wahrscheinlich für ein himmlisches Wesen mit göttlicher Eigenschaft. Schon vor Mohammed hing er an der Kaaba. Heute ist er in die östliche Ecke der Kaabamauer eingebaut. Natürlich haben Muslime dazu im Nachhinein eine islamgerechte Legende erdichtet. Adam habe nämlich diesen Stein nach Mekka gebracht.[20] Oder: der Stein sei am Anfang schneeweiß gewesen. Pechschwarz sei er geworden, weil sündhafte Menschen ihn immer wieder geküsst haben.[21]

Der heilige Brunnen von Zamzam

Der Islam kennt offiziell auch eine heilige Quelle namens Zamzam, die sich östlich von der Kaaba befindet, entlang der Mauer, in die der „Schwarze Stein“ eingebaut ist. Diese Quelle galt schon bei den arabischen Götzenanbetern als heilig. Die Quelle behielt ihre hohe Stellung auch im Islam. Es ist für jeden muslimischen Pilger ein Muss, als Geschenk für seine nächsten Familienangehörigen Zamzam-Wasser aus Mekka mitzubringen. Um die Pilger vor einer eventuellen Vergiftung zu schützen, pumpen die Saudis reichlich Chlor in die Quelle. Ein anderes Problem ist das blühende Geschäft mit dem „verfälschten Zamzam-Wasser".

Abraham in Mekka

Wie beim Schwarzen Stein haben Muslime auch für diesen heidnischen Brunnen eine „biblische" Legende erfunden. Diesmal bringt man Abraham, Hagar und Ismael ins Spiel. „Nachdem Abraham Hagar und Ismael nach Mekka gebracht und sie dort ihrem Schicksal überlassen hat, dürstete es Ismael", heißt es. Als Hagar merkt, dass sie kaum einen Tropfen Wasser haben und Ismael beinahe verdurstet, läuft sie in ihrer Hilflosigkeit und Trauer zwischen zwei Hügeln hin und her. In dieser verzweifelten Lage geschieht ein Wunder: In Gestalt eines großen Vogels lässt sich Gabriel nieder und fängt an, durch die Schläge seines Flügels ein Loch in die Erde zu graben, bis Wasser hervorkommt, das der Mutter und ihrem Kind das Leben rettet. So sei die Zamzam-Quelle entstanden.[22]

Islamisch-heidnische Verschmelzung

Heidnische Bräuche der Araber wurden durch Legenden nicht nur toleriert und weiter gepflegt, sondern bildeten Bausteine des Islam. Von seinen Glaubensgrundsätzen bis zu den Anbetungspflichten ist der Islam durchtränkt von solchen heidnischen Ideen und Bräuchen.

Die oben angeführte Überlieferung um die Zamzamquelle diente auch dazu, das Laufen zwischen den beiden Hügeln[23] zu einer Pflichtübung für jeden Pilger bei der islamischen Wallfahrt zu machen. Damit glauben die muslimischen Pilger, des Leidens Hagars und Ismaels zu gedenken.

Eine auf Sand gebaute Religion

Es sind solche erdichteten Geschichten, die Muslimen einen kritischen Umgang mit der eigenen Religion nicht erlauben. Denn gäbe man zu, dass weder Abraham noch Hagar oder Ismael jemals in Mekka waren, so bräche damit nicht nur eine islamische Legende zusammen, sondern auch die Wallfahrt nach Mekka und damit der Koran, der ebenfalls von Abraham in Mekka berichtet.[24] Der Koran bekämpft nicht das vorislamische Heidentum, sondern er nimmt es in sich auf. Weil der altarabische Aberglaube reichlich selbst im Koran hausiert, kann auch die strikteste Richtung des „reinen Islam“ nicht alles Heidnische ablehnen. Der Islam kann das Heidentum nicht bekämpfen, weil er von ihm lebt.

Woher erhielt Mohammed seine Offenbarungen?

Araber vor und zur Zeit Mohammeds glaubten nicht nur an allerlei Geister, die Bäume, Felsen und Steine bevölkerten oder in den Tieren wohnten. Nach ihrer Vorstellung gab es auch selbständige Dämonen, die mit Menschen in Verbindung treten oder von ihnen Besitz ergreifen konnten.[25] Oftmals waren es besonders begabte Dichter, die auch als Wahrsager auftraten. Sie verdankten ihren Erfolg einem Dämon, der ihnen zur rechten Zeit die richtigen Worte eingab.

Es ist den Landsleuten Mohammeds aufgefallen, dass vor allem Mohammeds erste Offenbarungen von Allah den Sprüchen solcher Dichter und Wahrsager sehr ähnlich waren. Deshalb hielten sie auch den Koran für das Werk eines solchen Dichters[26] und behaupteten, Mohammed sei von einem Dämon besessen.[27] Für Mohammed stand es außer Frage, dass die Worten des Koran ihm durch ein Geistwesen eingegeben wurden. Nur nannte er dieses Geistwesen nicht Dämon, wie seine Gegner meinten, sondern einen Engel[28], gar den heiligen Geist![29]

Dämonen zählen zu den ersten Muslimen

In der Vorstellung Mohammeds waren Dämonen den Menschen sehr ähnlich. Auch der Umgang Allahs mit ihnen ist dem mit Menschen vergleichbar. Zwar hat Mohammed es immer zurückgewiesen, der Koran wäre ihm durch einen Dämon vermittelt worden. Jedoch gab er stolz zu, einen persönlichen Dämon zu haben, der Muslim geworden sei.[30] Noch merkwürdiger ist jedoch ein Korankapitel, das aus einer dämonischen Rede besteht. In dieser Rede bezeugt eine Schar von Dämonen, die Mohammed über den Islam unterrichtet und ihr den Koran vorgelesen hat, wie sehr sie den Koran bewundert und beteuert, dass Allah keinen Sohn habe.[31] Diese Dämonen begegneten Mohammed nicht durch Zufall. Im Koran lesen wir, dass Allah sie zu Mohammed geschickt habe: *„Und (gedenke o Mohammed!) da wir eine Schar von Dämonen dir zuwandten, auf den Koran zu hören…und als seine Verlesung beendet war, kehrten sie zu ihrem Volk als Warnende heim.“*[32]

Schlechte Dämonen, gute Dämonen

Die Dämonen waren im heidnischen Arabien zwar unheimliche, oft gefürchtete Wesen, jedoch nicht rundweg schlecht oder bösartig. Mohammed hat die Gedanken seines Umfelds über diese Geistwesen fast vollständig in den Islam eingegliedert. Daher kennt auch der Islam „schlechte“ und „gute Dämonen“. Im Koran lesen wir, dass nicht nur der Satan ein Dämon war, sondern auch das Heer Salomos in seinen Reihen Dämonen hatte.[33] Manch ein Dämon führt seine Arbeit durch die Erlaubnis Allahs aus.[34] Allah habe die Menschen und Dämonen nur geschaffen, um von ihnen angebetet zu werden.[35] Manche Dämonen sind untergegangen wie manche früheren Völker[36] und Allah habe viele Menschen und Dämonen in die Hölle geworfen.[37]

Der Geister- und Dämonenglaube ist der gemeinsame Nenner des offiziellen Islam und des Volksislam. Er verbindet alle Richtungen des Islam, wie weit sie auch voneinander abweichen mögen. Auf dieser Grundlage haben sich im Laufe der Zeit innerhalb des Islam unterschiedliche Glaubensvorstellungen entwickelt. Dies wird uns im nächsten Kapitel beschäftigen.

Anmerkungen

1 Die evangelische Mission unter den Muslimen ist neueren Datums. Sie begann erst im 19. Jahrhundert und hieß damals „Heidenmission" (Warneck, S. 141ff.).

2 Pioniere auf diesem Gebiet waren Missionare wie Gottfried Simon: *Islam und Christentum im Kampf um die Eroberung der animistischen Heidenwelt*, Berlin 1910, und Samuel Zwemer: *The Influence of Animism on Islam*, New York 1920.

3 Ibn Hischam, Bd. IV. S. 59.

4 Cook, S. 7.

5 Buhl, S. 63.

6 Zum Beispiel spricht der Koran von den „Sabäern". Wer diese waren und woran sie geglaubt haben, ist unbekannt: *„Siehe die, die glauben, und die Juden, und die Christen und die Sabäer – wer immer an Allah glaubt und an den Jüngsten Tag und das Rechte tut, die haben ihren Lohn bei ihrem Herrn...*" (Koran, 2:62). Die Islamwissenschaft hat dazu mehrere Vor-schläge (Paret/Kon., S. 20f.).

7 („Al-Djahiliyya") Dies soll bedeuten, dass Araber vor dem Islam in Finsternis gelebt haben.

8 Paret, S. 17

9 Koran, 71:22. Der Koran behauptet, das Volk Noahs habe diese Götzen angebetet. In Wirklichkeit handelt es sich nach Paret um altarabische Götter, die mit dem Volk Noahs nichts zu tun haben (Paret, S. 18).

10 Paret, S. 18.

11 Wellhausen, S. 75.

12 Koran, 53:19.

13 Krone, S. 487.

14 Buhl, S. 75.
15 Gardet, S. 407.
16 Koran, 29:65.
17 Koran, 16:57; 52:39.
18 Mohammeds erste Frau war eine reiche Witwe und erfolgreiche Geschäftsfrau. Als Mohammed sie heiratete, war er noch kein „Prophet" (Tabari/Tar., Bd. III, S. 163).
19 Sell, S. 13; Tritton, S. 715ff.
20 Buhl, S. 80, Der Stein ist eigentlich in drei Teile gebrochen und wird durch einen Metallrahmen zusammengehalten. Seine Farbe ist nicht „schwarz", sondern eher rötlich schwarz mit gelben Partikeln (Jomier, S. 321).
21 Jomier, S. 321.
22 Bukhari, *anbiya* 8.
23 *Safa* und *Marwa*.
24 Koran, 2:127.
25 Paret, S. 24.
26 Koran, 69:41.
27 Koran, 81:22; 7:184; 23:70; 34:46.
28 Koran, 81:19.
29 Koran, 16:102.
30 Muslim, *munafiqun* 69. Dazu im Koran: 43:36.
31 Koran, 72:1-28.
32 Koran, 46:29.
33 Koran, 27:17.
34 Koran, 34:12.
35 Koran, 51:56.
36 Koran, 41:25.
37 Koran, 7:179.

II. Ein Islam oder mehrere „Islame"?

Eine Religion der Anpassung und des Kompromisses

Am Beispiel des Dämonenglaubens sahen wir, wie schwierig es ist, den Schriftislam vom Volksislam zu unterscheiden. Die Durchmischung in den Glaubensinhalten des Islam ist viel größer als im Bereich der Anbetung. Jedoch sind auch die Anbetungspflichten des Islam (Gebet, Fasten, Pilgerfahrt u.s.w.) nicht frei vom Geisterglauben. Der Islam besteht aus drei Schichten. Die erste Schicht betrifft das heidnische Erbe der Araber, das Mohammed übernommen hat. Die zweite ist das originale Werk Mohammeds. Die dritte Schicht bilden die späteren Zusätze der Muslime nach dem Tode Mohammeds.

Auf den ersten Blick erschien der Islam den arabischen Götzenanbetern wie eine andere Religion. Bald merkten sie jedoch, dass diese neue Religion bis auf wenige Ideen nicht ganz neu war. Mohammed hatte seine Lehre an Arabien angepasst, indem er die Bräuche seiner Landsleute „islamisierte". Dies tat er nicht nur aus Bequemlichkeit, sondern er wollte dadurch seine Landsleute schneller bekehren. Dies geschah auch lange nach dem Tode Mohammeds. Überall, wo sich der Islam verbreitete, dort schloss er Kompromisse mit den einheimischen Religionen und Kulten. Dadurch bekam einerseits der offizielle Islam allmählich ein anderes Gesicht, andererseits entwickelte sich ein lokaler Volksislam. So entstanden nicht zuletzt zwei verschiedene Vorstellungen von Allah.

Allah des Schriftislam

Wir haben bereits erwähnt, dass Allah keine Erfindung Mohammeds ist. Zur Zeit Mohammeds wurde Allah als Name nicht nur von Juden und Christen benutzt, sondern er war auch den Heiden bekannt und bezeichnete ihren obersten Götzen. Die arabischen Heiden hatten den Namen Allahs an ihren Götzen- und Geisterglauben angepasst. Dasselbe tat Mohammed, indem er ihn „islamisierte".

Widersprüchliches im Koran zu Allah

Der Koran macht widersprüchliche Aussagen über Allah. Das heilige Buch der Muslime ist zwar recht klein, eine Ordnung ist darin dennoch nicht vorhanden. Beispielsweise ist Allah einerseits gerecht, so dass er die guten Taten belohnt und die schlechten bestraft.[1] Andererseits ist er jedoch frei zu tun, was er will.[2] Einerseits gewährt er dem Menschen Willensfreiheit[3], andererseits sagt er unmissverständlich, dass der Mensch nur das tue oder ihm nur das widerfahre, was längst von Allah beschlossen sei.[4] Es war diese Widersprüchlichkeit des Koran, die zur theologischen Spaltung des Islam führte.

Nur eins ist sicher: Er ist unerreichbar

Was die Allah-Vorstellung des Schriftislam auszeichnet – darin sind sich alle theologischen Richtungen einig – ist die Unerreichbarkeit Allahs. Allgegenwärtig ist nur das Gesetz Allahs (scharia) oder die Herrschaft Allahs. Das Gesetz ist jedoch ein Menschenwerk, auch wenn es teilweise auf dem Wort Allahs beruht. Die Herrschaft Allahs wird ebenfalls durch Menschen ausgeführt. Ein persönliches Verhältnis zu Allah ist nicht einmal beim Gebet vorhanden, obwohl das Gebet *die* Grundlage des Islam und sein höchstes Gebot ist.

Ob Muslime jemals Allah begegnen werden, ist ein Streitthema unter den islamischen Theologen. Die Mehrheit ist der Meinung, dass Muslime ihn erst im Paradies sehen werden. Denn wir lesen im Koran: *„An jenem Tag wird es strahlende Gesichter geben, die auf ihren Herrn schauen.“*[5] Eine andere Richtung hält dies für unmöglich. Auch sie beruft sich auf einen Koranvers: *„Die Blicke erreichen ihn nicht, werden aber von ihm erreicht.“*[6] Allah war für die islamische Theologie ein Diskussionsstoff, anhand dessen die jeweilige Schule beweisen wollte, wie scharfsinnig und schriftbewandert sie sei.

Allah des Volksislam

Die einfachen Gläubigen konnten sich mit diesem gelehrten Allahbegriff, der zudem unerreichbar ist, nicht anfreunden. Abstoßend war für viele nicht nur die unerreichbare Ferne Allahs von seinen Geschöpfen. Auch sein finsteres, launenhaftes Wesen, das immer mit seinen schrecklichen Strafen verbunden war, konnte die religiösen Bedürfnisse vieler Muslime nicht erfüllen. Nachdem Muslime in den eroberten Gebieten in ständigen Kontakt mit Juden und Christen traten, lernten sie deren Vorstellungen von Gott kennen. So verliehen sie Allah jüdisch-christliche Eigenschaften und stellten sich ihn als ein ihnen nahes Wesen vor.

Ein liebender Allah?

Unverkennbar sind die christlichen Einflüsse in der Allah-Vorstellung des Volksislam. Anders als der Islam der Theologen war der Volksislam anderen Religionen offen. Bald sprach man von Allah als einem „Geliebten", bald hieß es, der Muslim könne sich mit ihm vereinigen und zu einem Teil von ihm werden. Christliches Gedankengut ist auch in den späteren islamischen Orden vorhanden. Jeder im Westen kennt die „Tanzenden Derwische". Der Höhepunkt ihrer Zeremonie heißt: „Die Nacht der Braut"[7]. „Braut" bedeutet die islamische Gemeinde.[8] Dies hat man offenkundig von den Christen gelernt, für die die Kirche die Braut Christi ist.

„Heilige" Konkurrenten Allahs?

Der Volksislam hat nicht nur die schrecklichen Eigenschaften Allahs abgemildert und ihn etwas „vermenschlicht". Er hat sogar bestimmte Muslime mit den Eigenschaften und Vollmachten Allahs ausgestattet. Der Volksislam hat das Problem der Unerreichbarkeit Allahs dadurch gelöst, indem er eine Reihe von Menschen zu „Halb-Allahs" machte. So entstand die Heiligenverehrung im Volksislam.

Der Volksislam kennt eine Unzahl von „Heiligen". Jede Region, jeder Derwischorden hat Heilige aus verschiedenen Jahrhunderten. Viele leben noch. Sie heilen Krankheiten, schenken unfruchtbaren Frauen Kinder. Sie verleihen Armeen Sieg, helfen auch Fußballmannschaften, geben Schülern und Studenten bei ihren Prüfungen die richtigen Antworten. Und: sie sorgen dafür, dass es dem Verstorbenen im Jenseits gut geht. Für all das müsste eigentlich Allah zuständig sein.

Versteckte oder offene Vielgötterei

Manch ein fanatischer Islamtheologe nennt die Heiligenverehrung im Volksislam zu Recht „Vielgötterei" und „abscheuliches Heidentum".[9] Die Mehrheit der Muslime denkt anders. Für sie ist jeder Heilige nur ein Vermittler zu Allah. Nicht er erfülle ihre Wünsche, sondern Allah. Allerdings würden sie eher erfüllt, wenn ein „Heiliger" sie Allah vermitteln würde.

Mohammed des Schriftislam: ein sterblicher Mensch

Auch von Mohammed gibt es zwei unterschiedliche Vorstellungen. Der Mohammed des Schriftislam ist zwar der größte Prophet und steht höher als Jesus Christus. Dennoch bleibt er ein sterblicher Mensch. Als Mohammed starb, wollten es einige Muslime nicht wahrhaben. Daraufhin schrie einer der wichtigsten Freunde Mohammeds: „Wer Mohammed anbetet, der soll wissen: Mohammed ist tot! Wer aber Allah anbetet, der wisse, dass Allah lebendig ist."[10]

Nach dem Schriftislam ist es allein die Sendung Allahs, die Mohammed von den anderen Menschen unterscheidet. Islamische Gelehrte teilen auch heute diese Meinung. Einige muslimische Autoren in der Türkei bezeichnen Mohammed als „Briefträger" Allahs. Seine Funktion habe lediglich in der Übermittlung der Botschaft Allahs bestanden. Was zähle, sei allein der Koran.[11]

Mohammed des Volksislam: Bereits vor Adam erschaffen

Im Gegensatz zu den islamischen Theologen verherrlicht der Volksislam Mohammed. In der Vorstellung des Volkes bekommt Mohammed eine hohe Stellung. Im Volksislam ist er der vollkommenste Mensch, das vollkommenste Geschöpf Allahs. „Als Adam noch nicht geschaffen worden war, war er schon da."[12] Allah habe gesagt: „Wenn es dich nicht gegeben hätte, hätte ich das Universum nicht erschaffen."[13] Sein Titel ist der Geliebte Allahs[14]. Hier sehen wir: Je mehr der Muslim sich vom Koran entfernt, desto höher steht Mohammed in der Vorstellung der Muslime.

Fehlende Heilsgewissheit schafft Legenden

Die Erhöhung der Stellung Mohammeds ist das Ergebnis der fehlenden Heilsgewissheit im Islam. Dies war überhaupt der wichtigste Grund für die Entstehung des Volksislam. Deshalb ist es nicht überraschend, wenn Muslime ihre Hoffnung am Jüngsten Tag auf die Fürsprache Mohammeds setzen. „Der Geliebte Allahs wird schon dafür sorgen, dass sehr viele von seiner Gemeinde ohne Verhör und unangenehme Hürden ins Paradies kommen werden." Allah selbst habe ihm versprochen, dass er aufgrund seiner Fürsprache soundso viele Muslime ins Paradies einlassen werde.[15]

Die Fürsprache Mohammeds ist im Schriftislam ein heikles Thema. Eine besonders fanatische Richtung des Islam[16] engt die Bedeutung der Fürsprache derart ein, dass es praktisch ihrer Leugnung gleichkommt. Ob Muslime auf die Fürsprache Mohammeds hoffen dürfen, ob Mohammed ein solches Vorrecht hat und wenn ja, wie es „funktioniert", darüber wird nach wie vor gestritten.[17]

Streit der Muslime um Mohammed

Auch heute ist die unterschiedlich bewertete Stellung Mohammeds ein Zündstoff in der islamischen Welt. Jahr um Jahr wird Saudi-Arabien während der Wallfahrt zur Schaubühne eines islamisch-islamischen Streits. Es ist den Saudis ein Dorn im Auge, dass viele Muslime unbedingt nach Medina gehen, um die Moschee Mohammeds zu besuchen. Die Moschee beherbergt das Grab Mohammeds und es ist für die Saudis eine doppelte Sünde. Denn der Besuch von Gräbern ist für sie ein Gräuel. Ganz und gar verboten ist es nach ihrer Konfession, muslimische Persönlichkeiten, die man verehrt, in der Nähe einer Moschee zu bestatten.

Die Freunde Mohammeds hatten anscheinend diesbezüglich keine Bedenken. Als Mohammed starb, bestattete man ihn auf dem Gelände seines Hauses, das später zu einer Moschee umgewandelt wurde. Die saudischen Fanatiker können deshalb weder die Moschee abreißen noch die Muslime daran hindern, sie zu besuchen. Sie haben zwar einige Grabstätten der Freunde Mohammeds dem Erdboden gleichgemacht. So können sie jedoch mit dem Grab Mohammeds nicht umgehen. Dafür verteilen sie aber reichlich Propagandaliteratur kostenlos unter den muslimischen Pilgern. In verschiedenen Sprachen erklären sie den Muslimen, dass es nicht sittsam sei, nach Medina zu kommen, „um nur die Moschee Mohammeds zu besuchen“.

Darf ein Muslim den Geburtstag Mohammeds feiern?

Nichts kann die innere Zerrissenheit des Islam deutlicher zeigen als der Streit um die Stellung Mohammeds. Neben den „Heiligen“ erfand der Volksislam die Legende von Mohammed als „Geliebten Allahs“ und „Helfer der Muslime“, um dadurch die fehlende Nähe Allahs zu ersetzen. Diesen Selbstbetrug entlarven nun die Muslime selbst, nämlich die fanatischen Anhänger des Schriftislam.

So erhitzt der Streit um die „Geburtstagsfeier Mohammeds" nach wie vor die Gemüter in der islamischen Welt. Diese Feier ist in vielen Teilen der islamischen Welt verbreitet. Ihre Beliebtheit hängt damit zusammen, dass sie vom Volk wie eine Anbetungspflicht angesehen wird, jedoch mit dem Unterschied: Man versteht vollkommen, um was es dabei geht. Denn anders als das Pflichtgebet des Islam, das nur in Arabisch verrichtet werden darf, findet die Geburtstagsfeier in den einheimischen Sprachen statt. Die Bittgebete werden unterbrochen von religiösen Gesängen. Der Höhepunkt ist ein Lobgedicht auf Mohammed. Die Feier geht mit einem Gebet zu Ende, in dem man Allah um Segen und Erbarmen für alle Muslime bittet.

Strenge Anhänger des Schriftislam sind vor allem deshalb gegen die Geburtstagfeier Mohammeds, weil dabei die Gefahr bestehe, Mohammed wie einen „Übermensch" zu verehren. Außerdem habe man eine solche Feier weder zu Lebzeiten Mohammeds noch in der frühen Phase des Islam gekannt.[18]

„Beim Bart des Propheten"

Eine für die strengen Muslime besonders abstoßende Sitte ist die Verehrung der „Barthaare des Propheten". An verschiedenen Orten der Welt werden die Barthaare Mohammeds aufbewahrt und besucht. Es gibt sogar Moscheen, die „Bart des Propheten" heißen.[19] Berühmt sind die Barthaare Mohammeds, die man im Topkapi-Museum in Istanbul an bestimmten religiösen Feiertagen und während des Fastenmonats Ramadan besichtigen kann.

Der Bart kommt nach Deutschland

Dennoch muss man nicht nach Istanbul oder Indien gehen, um den Bart Mohammeds zu bewundern. In jedem Ramadan werden türkische Muslime in Deutschland benachrichtigt, wann und in welcher Moschee sie den Bart des Propheten besuchen können. Ein türkischer Theologe, der ebenfalls oft in Deutschland ist, meinte einmal, dass der Bart Mohammeds anscheinend auch nach seinem Tod nicht aufgehört habe zu wachsen. Für einen indischen Muslim war dies anscheinend kein Witz: „Der Prophet ist doch lebendig, und so ist es ganz natürlich, dass sein Haar wächst und sich vermehrt!“[20]

Wie viele Propheten kennt der Islam?

Muslime bekunden stolz, dass sie alle Propheten vor Mohammed anerkennen. In dieser Hinsicht seien sie großzügiger als Juden und Christen.[21] „Wir erkennen David, Salomo, Moses und Jesus als Propheten an, während die Juden und Christen die Botschaft Mohammeds ablehnen“, sagen sie. Was meint der Islam mit der Anerkennung der Propheten?

Wenn ein Muslim sagt: „Ich erkenne Moses und Jesus an“, so will er damit nur sagen: „Ich glaube, dass beide Gesandte und Propheten Allahs waren.“ Es ist nur ein Lippenbekenntnis und keine richtige „Anerkennung". Denn der Islam sieht alle biblischen Propheten als Wegbereiter Mohammeds. Mohammed sei der letzte und größte Apostel Allahs. Außer von ihm berichtet der Koran von 25 Propheten. Darunter sind sechs Personen, die keine biblischen Figuren sind.[22]

Dämonen bezeugen: „Jesus ist nicht der Sohn Gottes!"

Der Generalangriff des Islam gilt jedoch Jesus Christus. Der Islam zollt ihm einerseits Respekt und Anerkennung, erwähnt seine Geburt von der Jungfrau und nennt ihn sogar „ein Geist von Allah". Andererseits stuft er ihn auf ein Geschöpf Allahs herab und macht ihn zu einem „Boten Mohammeds". Alle Muslime teilen diese Ansicht. Sowohl der Koran als auch der Volksislam lehnen Jesus als Gottessohn entschieden ab. Allah schickt zu Mohammed eine Schar von Dämonen als Zeugen dafür, dass Jesus kein Sohn Gottes sei.[23]

Vier himmlische Bücher und Tausende Propheten

Das islamische Verständnis von den heiligen Büchern ist ebenso merkwürdig. Muslime sagen, dass Allah vor dem Koran drei heilige Schriften gesandt habe: die Thora, den Psalter und das Evangelium. Der Koran sei die letzte und allein gültige Offenbarung Allahs.[24] Die Bibel sei ein verfälschtes Buch und außerdem veraltet. Der Koran habe die Bibel ersetzt. Auch in diesem Punkt stimmen alle Muslime überein.

Geschichten des Volksislam

Das wichtigste Prinzip des Islam ist: Mohammed ist der letzte und größte Gesandte und der Koran die einzig gültige Offenbarung Allahs. Jeder Muslim ist von dieser Lehre überzeugt. Darin sind sich gelehrte Theologen, Volksprediger und Wahrsager alle einig. Der Volksislam weicht nur in Details vom Schriftislam ab. Während der Koran von 25 Propheten spricht, erzählt der Volksislam von 124 000 Propheten, die Allah zu verschiedenen Zeiten beauftragt habe.[25]

Der Volksislam unterscheidet sich vom Schriftislam auch durch noch seltsamere Geschichten über die „Propheten". Für viele Muslime sind diese Geschichten wie Tatsachenberichte. Denn auch deren Überlieferung wird auf Mohammed oder sogar direkt auf Allah zurückgeführt. So lesen wir in volksislamischen Büchern, dass Adams Körper einige Kilometer lang gewesen sei[26] oder dass Allah Mohammeds Prophetenamt fünfzigtausend Jahre vor der Erschaffung des Universums festgelegt habe.[27] Der Volksislam ist auch in der Lage, die Gräber einiger Propheten zu orten. Im Mausoleum von Ali b. Abi Talib, dem Vetter Mohammeds, im irakischen Nadschaft sollen sich auch die Gräber von Adam und Noah befinden. Zumindest die Schiiten glauben daran.

Engel, Satan und Dämonen

Der Islam kennt drei Geistwesen: Satan, Engel und Dämonen. Unter den Theologen herrscht ein absolutes Chaos über diese Geistwesen. Was die Engel im Islam so wichtig macht, ist ihre Funktion. Muslime glauben, dass es der Erzengel Gabriel war, der Mohammed den Koran übermittelte.[28] Der Islam lehrt zugleich, der Erzengel Gabriel sei der Heilige Geist.[29] Dennoch spielt der Engelglaube im Alltag der Muslime und in ihren Glaubensvorstellungen kaum eine Rolle.

Auch der Name des Satans fällt in religiösen Zusammenhängen viel seltener als der der Dämonen. Meistens erwähnt man seinen Namen, um bei Allah Schutz vor ihm zu suchen. Der Muslim soll jede Arbeit mit dem Satz beginnen: „Ich suche bei Allah Zuflucht vor dem gesteinigten Satan. Im Namen Allahs, des Barmherzigen, des Erbarmers."[30] Seit den 80er Jahren des letzten Jahrhunderts bezeichnen Muslime ganze Staaten als „Satane". Khomeini hat die U.S.A. den „großen Satan" genannt. Die damalige Sowjetunion war nur „der kleine Satan". So verkörpert der Satan für viele Muslime heute eher einen politischen Gegner als eine geistliche Macht.

Anders als Satan und die Engel sind die Dämonen allgegenwärtig in der Vorstellung der Muslime. Sie sind ihrer Anwesenheit immer gewahr. Im Volksislam herrscht ein kunterbunter Dämonenkult. Muslime haben vor den Dämonen Furcht und einen gewissen Respekt.

Anmerkungen

1 Koran, 4:123; 40:17; 55:60; 99:7.
2 Koran, 3:129; 5:18; 74:31.
3 Koran, 2:57; 43:11; 18:29.
4 Koran, 2:7; 3:154; 39:62.
5 Koran, 75:22-23.
6 Koran, 6:103.
7 *Shab-e Arus*.
8 Ritter, S. 249ff.
9 Vor allem die saudischen Autoren geraten in Wutausbrüche, wenn sie über den Volksislam schreiben (Abdurrahman Abdulkhaliq, *Fada´ih as-Sufiyya*, S. 2ff., Mekka 2000; Ahmad Abdulkarim Nadjib, *at-Turuq as-Sufiyya wa´ntischar al-Bida´*, S. 35, Mekka 2002.
10 Tabari/Tar., Bd. III, S. 201. Der Koran betont ebenfalls, dass Mohammed nur ein Mensch ist: „*Und Mohammed ist nur ein Gesandter; schon vor ihm gingen die Gesandten dahin. Und so, ob er stirbt oder fällt, werdet ihr umkehren auf euren Fersen?*" (Koran, 3:144).
11 Dieser Gedanke wird von den offiziellen Vertretern des Islam entschieden zurückgewiesen („Din Isleri Yüksek Kurulu Üyesi Lütfi Sentürk´ün Kitap ve sünneti, Islam hukuku acisindan degerlendirmesi", Diyanct, 4/1999).
12 Abu Nu´aym, S. 48ff.
13 Madjlisi, S. 406.
14 „So sprach Allah zu Adam: ‚Bete für meinen Geliebten Mohammed'" (Qastalani, Bd. I, S. 10).
15 Bukhari, *tawhid* 36; Muslim, *iman* 322; Tirmidhi, *manaqib* 3.
16 Wir meinen die in Saudi-Arabien herrschende Richtung des Islam Wahhabiyya. Dem Gründer dieser Richtung zufolge kommt es einer Vielgötterei gleich, Mohammed um Fürsprache zu bitten (Peskes, S. 41).
17 Für die jüngsten Diskussionen und religiösen Gutachten über die Fürsprache Mohammeds („shafa´a"/intercession) siehe www.islamonline.net.
18 Ibn Aqil, Bd. I, S. 429ff.
19 Schimmel, S. 260.
20 Schimmel, S. 260.
21 Hofmann, S. 31.

22 Folgende Personen kommen im Koran als „Propheten“ vor: Aaron, Abraham, Adam, David, Elia, Hiob, Isaak, Ismael, Jakob, Jesus, Johannes der Täufer, Jona, Josef, Lot, Noah, Moses, Salomo, Zacharia, Dul´l-Kifl, Idris, Ilyasa, Hud, Salih, Schuayb.
23 Koran, 72:3.
24 Ishak Efendi, S. 3ff.
25 Taftazani, S. 63.
26 Wasiti, S. 77.
27 Qastalani, Bd. I, S. 8; Abu Nu´aym, S. 48ff.
28 Bukhari, *Maryam* 2; Muslim, *libas* 102.
29 Isfahani, S. 210f.; siehe Koran, 2:87; 16:102.
30 Ahmad, Bd. III, S. 359; Tabari, Bd. I, S. 50ff.

III. Eine Welt des Satan und der Dämonen

Der Muslim lebt in einer Welt voller Geister und Dämonen. Sein Leben ist geprägt durch eine Dauerspannung von Angst und Hoffnung – Angst vor dem Satan und den Dämonen; Hoffnung, dass er sich durch Magie vor ihnen schützt. Muslime bedienen sich dieser Geisterwelt zu weltlichen und religiösen Zwecken.

Der Volksglaube der Muslime kennt „gute" und „schlechte Dämonen", weibliche und männliche Dämonen, „geistige" und „menschliche" Dämonen, Geister von verstorbenen und lebenden Menschen u.s.w. An diesem Ausufern des Dämonenglaubens ist der Schriftislam mitschuldig. Denn wie bereits gesagt, nehmen die Dämonen im Koran eine ansehnliche Stellung ein.[1] Auf dieser Grundlage schufen islamische Völker einen regelrechten Dämonenkult. Obenauf thront „der Satan, der Gesteinigte", wie ihn der Koran nennt.[2]

Der Teufel des Islam

Der Teufel sei ein aus dem Feuer erschaffenes Wesen.[3] Sein Name ist Iblis. Er ist derjenige, der alles Böse und Sündhafte tut.[4] Der Volksislam stellt sich den Teufel bald als Einzelperson, bald als ein Heer von Dämonen vor. Dieses verwirrende Auftreten geht auf den Koran zurück. Denn darin wird der Teufel mal in der Einzahl[5], mal in der Mehrzahl[6] erwähnt.

Teufels Familie

Aus den Erzählungen der Muslime erfahren wir ein regelrechtes Familienleben des Teufels. Ausführlich wird beschrieben, wie Allah die Gattin des Teufels erschaffen hat: „Als Allah dem Teufel Nachwuchs und eine Frau erschaffen wollte, warf er auf ihn die Wut, von der ein Funke sprang. Aus diesem Funken erschuf er die Frau des Teufels."[7] Danach habe „Allah aus der rechten Hüfte des Teufels einen Jungen, aus seiner linken Hüfte ein Mädchen geschaffen." Anschließend soll der Teufel dreißig Eier gelegt haben: zehn im Westen, zehn im Osten und zehn dazwischen. Seitdem kommen aus jedem dieser Eier täglich siebzig weibliche und männliche Teufel.[8] Aus diesem Volk der Teufel seien im Laufe der Zeit Teufelskinder unterschiedlicher Größe und Talents hervorgegangen. Zwei Teufel werden besonders erwähnt: Tankawir, der Teufel Indiens, und Darkadhab, der Teufel Syriens.[9]

Teufels Aufgaben

Der Teufel verkündet selbst, womit er beschäftigt ist: *„O Allah! Weil du mich irreführtest, wahrlich so werde ich den Menschen auf Erden die Dinge ausschmücken und sie verführen allzumal."*[10] Der Volksislam musste nur entdecken, wie der Teufel an diesem Ziel arbeitet. Ein Teufel namens *Khansarib* nehme sich nur solcher Muslime an, die den Koran auswendig gelernt haben. Er sorge dafür, dass sie vergessen, was sie gerade gelernt haben. Ein anderer Teufel, *Mudhadhib* genannt, verführe vor allem die frommen Muslime. Er lasse z.B. Lichter brennen, wenn es dunkel wird, damit die Frommen dies für ein Wunder von Allah halten und hochmütig werden."[11]

Obwohl der Teufel im Islam als die ranghöchste böse Macht gilt, ist der islamische Volksglaube eher an den Dämonen interessiert. Oft weiß man nicht genau, wen der Muslim meint. Denn auch der Teufel und seine Nachkommen werden als ein Geschlecht von Dämonen verstanden.[12]

Der Islam und seine Dämonen

Für viele Muslime sind die Dämonen Zeitgenossen, deren Existenz genauso selbstverständlich ist wie die des Nachbarn nebenan. Man hat vor ihnen immer Angst und achtet darauf, sie nicht zu verärgern. Deshalb erwähnt man sie nicht namentlich. Statt dessen sagt man: „Jene Leute" oder „Die, die hoffentlich gut gelaunt sind".[13] Wenn man die Dämonen nicht verärgert, braucht man vor ihnen keine Angst zu haben. Tut man „Gutes", so bekommt man von ihnen viele Vorteile. Benimmt man sich nicht islamisch, so können sie einem Plagen und Krankheiten zufügen.[14]

Streit über das Wesen der Dämonen

Muslime stellen sich die Dämonen als Verwandte des Teufels vor.[15] Deshalb glaubt man, sie seien aus dem

Feuer geschaffen. Dies fand anscheinend nicht die Zustimmung aller Muslime. Denn im Koran lesen wir, wie Allah Dämonen mit einem Feuerbrand verfolgt, wenn diese sich dem Himmel nahen, um dort die Gespräche zu belauschen.[16] Da fragt sich manch ein Muslim: „Wieso schadet ihnen denn das Feuer? Sie sind doch selbst aus dem Feuer geschaffen!“[17]

Muslime haben immer wieder versucht, die Dämonen möglichst genau zu beschreiben. Einer schreibt: „Die Dämonen sind luftige Körper mit Verstand, die verschiedene Gestalten annehmen können und in der Lage sind, schwere Arbeit zu leisten.“[18] Die Dämonen seien nicht zuletzt mit den Engeln verwandt. Jeder Engel sei ein Dämon, aber nicht jeder Dämon sei ein Engel.[19]

Große und kleine Dämonen

Der Volksglaube spricht von „normalen“ und „großen Dämonen“, die in den orientalischen Volksmärchen häufig auftreten.[20] Mohammed soll einem solchen „Großdämon“ begegnet sein: „Letzte Nacht kam ein großer Dämon zu mir und wollte mein Gebet unterbrechen. Ich konnte ihn jedoch überwältigen. Erst wollte ich ihn an eine Säule in der Moschee anbinden, damit ihr ihn seht, dann aber dachte ich an die Worte Salomos (und ließ ihn gehen).“[21] Hier sehen wir wieder ganz deutlich, wie schwer es ist, den Volksislam mit seinen seltsamen Überlieferungen vom angeblich nüchternen Schriftislam zu trennen.

„Rassen der Dämonen“

Der Volksislam hat viel Phantasie. Man entdeckte bald, dass es verschiedene Arten von Dämonen gibt, die verschiedene Gewohnheiten haben. Der Dämon *Ghul* überfalle gerne Reisende in der Wüste.[22] Man weiß sogar, wie dieser Dämon geschaffen wurde: „Als die Dämonen sich dem Himmel näherten, um dort die Gespräche zu belauschen, wurden sie mit Sternschnuppen beschossen und sind abgestürzt. Wer von ihnen ins Meer abstürzte, wurde zum Krokodil; wer auf die Erde abstürzte, wurde zu *Ghul*.“[23] Es sind anscheinend mehrere Dämonen, die Reisende heimsuchen. Auch der Dämon *Schiqq* habe sich darauf spezialisiert, „Reisende zu verfolgen, ihnen Böses anzutun und sie sogar zu töten.“[24]

Weibliche Dämonen seien besonders listig und gemein. *Sa´lat* sei ein besonders bösartiger Dämon weiblichen Geschlechts und erscheine den Menschen sogar tagsüber.[25] Mohammed empfiehlt, einen bestimmten Koranvers[26] zu lesen, um diesen Dämon zu verscheuchen.[27] Es gibt auch gute Dämonen. *Hatif* gehört zu solchen und gab dem Großvater Mohammeds ein, die Zamzamquelle zu graben.[28]

Tiere und Menschen als Dämonen

Nach den Vorstellungen der Muslime können Dämonen in allen denkbaren Gestalten erscheinen. Oft sieht man sie als Tiere.[29] Eine schwarze Schlange könnte häufig ein Dämon sein. Da gibt es schon wieder ein Problem. Soll man die Schlangen töten oder nicht? Ein Spruch Mohammeds empfiehlt ihre Tötung: „Wer immer von euch eine Schlange tötet, ist wie derjenige, der einen Götzenanbeter getötet hat.[30] Wer immer von euch eine Schlange sieht, sie aber aus Angst nicht tötet, gehört nicht zu unserer Gemeinde."[31] Nur zwei Schlangen, die er namentlich erwähnt, seien von diesem Befehl ausgenommen, denn sie seien gefürchtet und würden Fehlgeburten verursachen.[32] Obwohl Muslime heute ihren Propheten als einen „sehr rationalen Mann" loben, lebte er wie jeder Araber damals[33] in einer von Dämonen besetzten Welt. Seine Gebete zeugen von einem ständigen Angstzustand: „O Allah! O Erde und dein Herr! Ich nehme Zuflucht bei Allah vor der Nacht und was sie in sich birgt, vor der schwarzen Schlange und dem schwarzen Skorpion."[34]

Zu den Hunden macht der Volksislam widersprüchliche Angaben. Einerseits gilt es als normal, dass Dämonen sich in Gestalt von Hunden zeigen können. Andererseits glaubt so mancher, dass Hunde am Anfang „ganz normale Dämonen" gewesen seien. Allah habe sie irgendwann zur Strafe in Hunde verwandelt.[35]

Die Dämonen treten oft in menschlicher Gestalt auf. Manch ein Baby in Windeln sei in Wirklichkeit ein Dämon.[36] Die Königin von Saba[37] sei ein Kind einer Mischehe von einen Menschen und einem Dämonen gewesen.[38]

Ihre Aufenthaltsorte und Speise

Der Volksislam weiß ziemlich genau, wann und wo die Dämonen anzutreffen sind. „Sie mögen die Dunkelheit“, heißt es. Deshalb arbeiten sie ab dem Sonnenuntergang bis zum Sonnenaufgang. Ihre Lieblingsplätze seien Bäder, Ruinen, Müllhalden, Friedhöfe, Aborte u.s.w.[39] Auch bekommen sie Hunger und Durst.[40] Ihre Lieblingsspeisen sind jedoch ganz anders. Denn die Dämonen ernähren sich von Knochen und Mist.[41] Sonst essen und trinken sie alles aus den Behältern und Schüsseln, die man nicht mit Deckeln zugemacht hat.[42]

Familienleben der Dämonen im Islam

Man stellt sich die Dämonen als Verwandte des Menschen vor. Sie werden geboren, können essen und trinken und sind sogar in der Lage, unterschiedliche Beziehungen zu Menschen zu pflegen. Verbreitet ist auch die Vorstellung, dass die Dämonen mit Menschen Geschlechtsverkehr haben oder sie sogar heiraten können.[43] Über manch einen scharfsinnigen Gelehrten sagt man, dass einer seiner Elternteile ein Dämon sei.[44] Nach den Legenden des Volksislam sind es in der Regel männliche Dämonen, die die Frauen heimsuchen.[45] Der Grund, weshalb die Frauen für die Dämonen leichte Opfer sind, sei ihre Unreinheit.[46]

„Kurden stammen von den Dämonen“

Glaubt man den volksislamischen Quellen, so gibt es nicht nur Kinder aus Mischehen von Menschen und Dämonen, sondern auch ganze Menschengruppen. So sollen die Kurden aus der Ehe eines Dämonen mit einer Sklavin hervorgegangen sein.[47] Schuld an solchen Geschichten ist nicht das einfache Volk, sondern der Islam selbst. Wir haben bereits erwähnt, dass ein Korankapitel von Dämonen spricht, die sich beim Lauschen des Koran zum Islam bekehren. Die Koranausleger wollten die genaue Herkunft dieser muslimischen Dämonen feststellen. Manche dachten, diese seien zum Islam bekehrte Juden gewesen, die nun als Dämonen umher wanderten.[48] Der jüdische Stamm Banu Quraisa, dessen männliche Glieder Mohammed restlos abschlachten ließ[49], soll in Wirklichkeit ein „Volk von ungläubigen Dämonen“ gewesen sein. Bald kannte man sogar die Heimat dieser Dämonen: Jemen.[50] Sie stammten dort aus einem Ort namens Nisibin.[51] Jemen war überhaupt bekannt als bevorzugter Aufenthaltsort der Dämonen.[52] So war es möglich, jedes missliebige Volk als „dämonischer Herkunft“ zu verleumden.

Die allgegenwärtige Angst vor den Dämonen

Der Volksislam weiß auch, wie man sich vor ihnen schützen kann. Beim Betreten von Orten, die bekanntermaßen häufig von Dämonen besucht werden, soll man „im Namen Allahs, des Barmherzigen und Erbarmers“ sagen. Es ist auch empfehlenswert hinzuzufügen: „Mit Ihrer Erlaubnis“ oder: „Wenn Sie gestatten". Die Angst der Muslime vor den Dämonen kann katastrophale Folgen für die Volksgesundheit haben. Beispielsweise glaubt man in vielen Regionen der islamischen Welt, dass Dämonen auch als Fliegen erscheinen können. Deshalb verscheucht man sie nicht, selbst wenn ein Schwarm von ihnen das Gesicht eines Babys bedeckt.[53]

Jeder Muslim hat einen Dämon, Mohammed auch

Muslime wähnen sich nicht nur überall von verschiedenen Geistern und Dämonen umgeben. Sie glauben auch, einen persönlichen Dämon zu besitzen, der sie immer begleitet. Dieser Dämon heißt auch wortwörtlich „der Begleiter".[54] Vielleicht fanden Muslime diese Vorstellung unerträglich, so dass im Laufe der Zeit eine andere Überlieferung auftauchte. Mohammed habe gesagt: „Allah hat jedem von euch Muslimen zwei Begleiter gegeben. Der eine ist ein Dämon, der andere ist ein Engel." Man hat Mohammed gefragt: „Hat Allah auch dir solche Begleiter gegeben?" Mohammed antwortete: „Jawohl! Nur mein dämonischer Begleiter ist Muslim geworden."[55]

Wie man sich vor Dämonen schützt und wie man sie benutzt

Der altarabische Dämonenglaube ist durch Mohammed in den Islam übergegangen und hat sich später mit dem Dämonenglauben anderer Völker vermischt. Daraus entstand eine „Wissenschaft von Dämonen", die nach wie vor überall in der islamischen Welt betrieben wird. Diese „Wissenschaft“[56] lehrt, wie man Satane und die Dämonen fügsam macht und einsetzt.[57] Viele muslimische Gelehrte finden daran keinen Anstoß, von dieser „Wissenschaft“ Gebrauch zu machen. Sie verweisen auf Beispiele ihrer erfolgreichen Anwendung. Manch eine Festung hätten Muslime dank dieser „Wissenschaft“ eingenommen. Andere Muslime waren etwas vorsichtig. Sie sprachen von zwei Arten der „Wissenschaft von Dämonen“. Die eine sei erlaubt, die andere verboten.[58] Was Muslime „Wissenschaft der Dämonen“ nennen, ist schlicht und einfach Magie. Die islamische Magie wurzelt im Koran und in den Sprüchen Mohammeds.

Magie im Koran

Vor dem Islam waren die arabischen Wahrsager für Magie und Zauber zuständig. Fragt man Muslime, wie sich der Islam gegenüber Magie und Zauber verhält, sagen sie sofort: „So etwas verbietet und bekämpft der Islam!“ Der Alltag der Muslime spricht eine andere Sprache. Überall in der islamischen Welt findet der einfache Muslim einen Mullah, Hodscha oder Scheich, der in Zauberkünsten bewandert ist und ihm Hilfe verspricht. Nicht nur das einfache Volk glaubt, etwas ganz im Sinne des Islam zu machen. Ähnlich denken auch die Prediger und selbsternannten Gelehrten.

Muslime verwerfen die Magie nur in ihren Propagandaschriften, um den Islam vor den Fremden als eine verstandesmäßige Religion zu loben.[59] In Wirklichkeit lebt der altarabische Glaube an Magie im Islam fort. Allah bietet keine Lösung, keine befreiende Antwort auf die allgegenwärtigen Dämonen und bösen Geister Arabiens. Er nimmt all diese Mächte als Tatsache zur Kenntnis und offenbart seinem Gesandten Mohammed folgende Worte:

„Sag: Ich suche beim Herrn des Frühlichts Zuflucht vor dem Unheil, das von dem ausgehen mag, was er auf der Welt geschaffen hat, von hereinbrechender Finsternis, von bösen Weibern, die Zauberknoten bespucken, und von einem Neider, wenn er neidisch ist.“[60]

So heißt es im vorletzten Kapitel des Koran. Auch das letzte Kapitel hat denselben Inhalt:

„Sprich: Ich nehme meine Zuflucht zum Herrn der Menschen, dem König der Menschen, vor dem Übel des Einflüsterers, des Entweichers, der da einflüstert in die Brüste der Menschen – vor den Dämonen und den Menschen.“[61]

Dass der Koran mit diesen zwei merkwürdigen Gebeten schließt, zeigt die überwältigende Angst Mohammeds vor der Geisterwelt, wie er sie sich vorgestellt hat. Er behauptete, selbst der Magie zum Opfer gefallen zu sein.

Verhexter Mohammed

Mohammed galt vielen in seiner Umgebung nicht nur als Zauberer[62], sondern auch als Opfer von Zauberern. Diese waren immer die Juden. Seine junge Frau Aischa berichtet: „Die Juden verhexten einmal den Gesandten Allahs, so dass er immer wieder dachte, etwas getan zu haben, obwohl er es nicht tat... Schließlich konnte man den Zauber ausfindig machen und lösen."[63] Angeblich war es der Erzengel Gabriel, der Mohammed mitteilte, ein Jude habe ihn verhext: „Als der Zauber gelöst wurde, kam Mohammed wie befreit zu sich."[64]

Zauberkünste Mohammeds

Die Gebete Mohammeds zeigen deutlich, dass der Prophet des Islam nichts besseres weiß, als gegen die Geister, die ihn plagen, den Beistand Allahs zu erflehen. Noch häufiger versuchte er, Magie mit Magie zu beseitigen. Mohammed empfiehlt, bestimmte Koranverse als Gegenzauber einzusetzen. Acht Verse seien besonders gegen den „bösen Blick" wirksam.[65] Ihn hat vor allem die Angst vor Schlangen und Skorpionen geplagt. Wahrscheinlich glaubte er wie seine Landsleute, dass diese Lebewesen in Wirklichkeit Dämonen wären. Deshalb stellt er ihren Stich mit dem „bösen Blick" gleich: „Man soll den Gegenzauber gegen den Stich und den bösen Blick" vornehmen.[66] Selbst gegen Amulette hatte Mohammed nichts einzuwenden. Er hat sie nur „etwas verwerflich" gefunden.[67]

Speichel Mohammeds

Dem Speichel Mohammeds schreibt der Volksglaube eine große Wunderkraft zu. „Als das Wasser einer

Quelle knapp wurde, spuckte Mohammed hinein und schon sprudelte es heftig."[68] Beim Feldzug gegen die jüdische Oase Khaibar hatte Ali Schmerzen in seinen Augen. Mohammed spuckte auf seine Augen.[69]

Während der Speichel Mohammeds angeblich immer erbauliche Wirkung erzielt, ist es mit anderen Muslimen ganz anders. Sie sollen nur dann spucken, wenn sich ihnen ein Dämon oder der Satan selbst nähert. Muslime, die einen unangenehmen Traum gehabt haben, sollen nach links spucken und sagen: „Ich nehme Zuflucht bei Allah vor dem gesteinigten Satan." Dann wird der Satan ihnen nicht schaden.[70] Der Muslim soll dreimal nach links spucken, wenn ihm unangenehme Fragen über den Koran und Allah gestellt werden.[71] Schließlich lernen wir aus einem „Prophetenspruch", dass Muslime sogar beim Gebet dreimal nach links spucken sollen, um den Satan zu verscheuchen.[72]

Dämonenkult als islamisches Kulturgut

Der Dämonenglaube ist das wichtigste Kennzeichen des Volksislam. Der einfache Muslim lebt in einer Welt voller Geister – meistens – gefährlicher Art. Zwar pocht der offizielle Islam der Gelehrten darauf, der Islam sei eine verstandesmäßige Religion und bekämpfe den Aberglauben. Jedoch liegen die Wurzeln des islamischen Dämonenglaubens im Koran selbst und in den Sprüchen Mohammeds.

Ein Blick in den Koran bestätigt unsere Feststellung: Man kann die Dämonen von Allah nicht wegdenken.

Sie haben im Koran einen festen Platz und kommen sogar als Zeugen von der „Wahrhaftigkeit der Botschaft Mohammeds“ zu Wort. Dass sie gleichzeitig die Gottessohnschaft Jesu leugnen[73], ist für die Muslime von höchster Bedeutung. Wenn Muslime heute über ein gewaltiges Schrifttum über Dämonen verfügen, so geht sein Inhalt zwar nicht immer auf den Koran und Mohammed zurück, sondern stammt zum Teil aus nichtislamischen Quellen. Jedoch wären diese Werke ohne den Koran und die Sprüche Mohammeds nicht in diesem Ausmaß entstanden.

Was uns im Islam auf Schritt und Tritt begegnet, ist auch bei diesem Thema der Fall: Verwirrung und Mehrdeutigkeit. Man weiß nicht, ob die Dämonen „ein Geschlecht der Engel“ oder des Teufels sind. Der nächste Streit betrifft die Zahl, Zuständigkeiten und Länder der Dämonen. Unklar ist auch, ob es einen oder mehrere Teufel gibt. Wie der Volksislam mit seiner Geisterwelt dem offiziellen Islam folgt, so bleibt er ihm auch in seiner Unordnung treu.

Anmerkungen

1 Paret, S. 24f.; Macdonald, S. 135ff. Man beachte, dass der Koran nicht zuletzt eine Rede der Dämonen enthält, aus welcher ein ganzes Korankapitel (72.) besteht, das folglich „Kapitel der Dämonen“ heißt.
2 Koran, 3:36; 15:17; 16:98; 81:25.
3 Isfahani, S. 266f.
4 Djahiz, Bd. I, S. 300.
5 Koran, 2:36; 4:60; 7:22; 17:53 u.v.a.
6 Koran, 2:102; 6:71; 17:27; 26:210 u.v.a. Zwar kommt der andere Name für Teufel (iblis) im Koran nur in der Einzahl vor. Ob er jedoch ein Dämon oder ein gefallener Engel sein soll, ist nicht klar (Macdonald, S. 136).
7 Damiri, Bd. I, S. 191.
8 Damiri, Bd. I, S. 191.
9 Djahiz, Bd. VI, S. 631.
10 Koran, 15:39.
11 Djahiz, Bd. VI, S. 194.
12 Schibli, S. 7f.
13 Boratav, S. 548.
14 Boratav, S. 548.
15 Damiri, Bd. I, S. 191.
16 Koran, 15:18, Tabari, Bd. XIV, S. 14f.
17 Shibli, 13, 14.
18 Damiri, Bd. I, S. 65.
19 Isfahani, S. 97
20 Ni´ma, S. 196.
21 Bukhari, *manaqib al-Ansar*, 75.
22 Abu al-Faradj al-Isfahani: Kitab al-Aghani, Kairo 1931, Bd. IV, S. 127.
23 Damiri, Bd. I, S. 152.
24 Qazwini, Bd. II, S. 155.
25 Damiri, Bd. II, S. 20.
26 Koran, 2:255.
27 Damiri, Bd. I, S. 168.
28 Ibn Hischam, Bd. I, S. 150.
29 Damiri, Bd. I, S. 186.
30 Dies bedeutet: Er bekommt denselben Lohn von Allah für diese

seine Tat.

31 Ahmad, Bd. I, S. 420; Abu Dawud, *adab* 162; Damiri, Bd. I, S. 156.

32 Ahmad, Bd. VI, S. 49, 157; Tirmidhi, *sayd* 15.

33 Sell, S. 13.

34 Abu Dawud, *djihad* 75; Ahmad, Bd. II, S. 132, 171; Bd. III, S. 124; Bd. IV, S. 204.

35 Djahiz, Bd. I, S. 192.

36 Boratav, 548.

37 Koran, 27:17-45.

38 Damiri, Bd. II, S. 18.

39 Djahiz, VI, 164ff.; Donaldson, S. 138.

40 Damiri, Bd. I, S. 192.

41 Isfahani/Muh., Bd. II, S. 281; Shibli, S. 29.

42 Djahiz, Bd. VI, S. 210.

43 Djamal asch-Schami: *Kayfiyyat Zawadj al-Djann min Bani al-Insan*, Giza o.J.

44 Goldziher, S. 79.

45 Safi, S. 10.

46 Epton, S. 108.

47 Mas´udi, Bd. II, S. 249.

48 Shibli, S. 54.

49 Ibn Hischam, Bd. III, S. 249.

50 Ibn Hischam, Bd. II, S. 63.

51 Ibn Hischam, Bd. II. S. 63; Tabari, Bd. XXIX, S. 103.

52 Djahiz, Bd. VI, S. 216; Hamdani, S. 69.

53 William Galloway: „Response to Bill Musk's article 'Popular Islam: Hunger of the Heart'" in: *In the Gospel and Islam*, ed. McCurry, Monrovia, zitiert von Earl E. Grant: *Folk Religion in Islam. It's historical emergence and missiological significance*, Ann Arbor 1987, S. 291.

54 *Qarin* (männlich) und *qarina* (weiblich).

55 Ahmad, Bd. I, S. 385.

56 *Ilm al-Aza´im*: Wissenschaft der festen Wünsche (Fahd, S. 570).

57 Uludag, Bd. IV, S. 299.

58 Alusi, Bd. XXIII, S. 202.

59 In ihren Werken unterscheiden islamische Gelehrte zwischen „erlaubter" und „verbotener Magie" (Fahd, S. 569).

60 Koran, 113.

61 Koran, 114.

62 Deshalb tröstet ihn Allah: *„Also kam zu denen, die vor ihnen*

lebten, kein Gesandter, ohne dass sie gesprochen hätten: ‚Ein Zauberer oder ein Verrückter'" (Koran, 51:52).

64 Buhkari, *tibb* 47, 49, 50; *djizya* 14, *adab* 56; Muslim, *salam* 43.

65 Nasa´i, *tahrim* 20.

66 Sieben Verse des ersten Kapitels des Koran (al-Fatiha) und der Vers 2:255 (Munawi, Bd. V, S. 197).

67 Abu Dawud, *tibb* 18; Muslim, *salam* 58; Tirmidhi, *tibb* 15.

68 Abu Dawud, *zina* 3; Nasa´i, *zina* 3.

69 Muslim, *djihad* 132.

70 Muslim, *fada´il al-ashab* 32.

71 Bukhari, *tibb* 39; Muslim, *ru´ya* 5; Tirmidhi, *ru´ya* 4.

72 Abu Dawud, *sunan* 19.

73 Muslim, *salam* 68.

74 Koran, 72:3.

IV. Alltag in der Geisterwelt des Islam

Volksislam als gelebter Islam

Wir haben gesehen, dass der Volksislam im wesentlichen auf den ursprünglichen Islam zurückgeht. Ob gebildet oder einfach, fromm oder liberal, jeder Muslim bekennt sich zu Allah und seinem Gesandten Mohammed. Auch der Koran wird von allen Muslimen als das Wort Allahs verehrt. Wenn man jedoch das religiöse Leben der Muslime genau beobachtet, fällt einem sofort auf, dass nicht alles nach den Geboten des Koran zugeht.

Vieles im Volksislam ist dem Koran fremd, manches steht sogar im Widerspruch zu ihm. Dies ist die Meinung der Forscher im Westen. Muslime dagegen sind felsenfest davon überzeugt, dass ihr Volksislam nicht minder islamisch ist als die Religion der Gelehrten.

Fesseln der Scharia

Der Schriftislam will das Leben eines jeden Muslims total beherrschen. Sein Mittel dazu ist die Scharia, das Gesetz Allahs. Dieses Gesetz schreibt dem Muslim nicht nur vor, wie er beten und fasten soll. Es enthält auch eine Liste von anderen Geboten und Verboten, die sich vom Kopftuch bis zum Heiligen Krieg erstrecken. Ein frommer Muslim muss sogar darauf achten, mit dem linken Fuß in die Toilette zu gehen und sie mit dem rechten Fuß zu verlassen. Es gibt nichts, was das Gesetz Allahs nicht genauestens geregelt hat.

Unter dem Gesetz des Islam ist kein Raum für einen persönlichen Glauben. Darunter litten muslimische Völker schon immer. Besonders lästig war das Gesetz Allahs für nichtarabische Muslime. Denn wie der Islam, so ist auch sein Gesetz arabischer Herkunft. Was Muslime als „Bestimmungen Allahs" hochhalten, sind in Wirklichkeit Sitten und Bräuche der Araber.

Antwort des Volkes auf die Lehre Allahs

Als eine fremde Gesetzesreligion blieb der Schriftislam in allen muslimischen Völkern nichtarabischer Herkunft ein Fremdkörper. Man hat ihn zwar verehrt und weitergegeben. Einen richtigen Anschluss an das normale Volk fand der Schriftislam jedoch nicht. Dies war der ideale Zustand für die Entstehung eines einfachen, verständlichen und persönlichen Islam, den wir „Volksislam" nennen.

Der Volksislam war nicht das Werk einer bestimmten Person oder Sekte, sondern ist auf natürlichem Wege entstanden. Seine Verbreitung und Beliebtheit unter den Massen verdankt der Volksislam der Tatsache, dass er den Muslimen Trost spenden und ihre Fragen nach Leben und Tod beantworten kann. Mit anderen Worten: Der Volksislam kann den Muslimen bieten, was der Schriftislam nicht hat. Er kann den Muslimen vor allem ihren Alltag bewältigen helfen.

Unislamisch, doch islamisch

Es gibt einen gewaltigen Unterschied zwischen dem Volksislam und der Scharia. Die Scharia bürdet den Muslimen Gebote und Verbote auf, welche die Muslime weder verstehen noch erfüllen können. Die Scharia greift in den Alltag der Muslime als eine fremde Macht ein. Der Volksislam ist dagegen einheimisch, er will das tägliche Leben nicht erschweren, sondern erleichtern.

Selbst der größte Widerspruch zur Lehre Allahs kann sich im Volksislam als „islamisch" einbürgern. Möglich wird das dank eines uferlosen Schrifttum des Islam. Unter fast einer Million angeblichen Sprüchen Mohammeds findet man immer einen Beleg für diese oder jene Haltung. Nun wollen wir anhand praktischer Beispiele zeigen, wie der Volksislam den Alltag der Muslime von der Wiege bis zur Bahre prägt.

Der Koran als Geburtshelfer

Die Geburt gilt auch in den islamischen Kulturen als Beginn eines neuen Lebens. Sie ist für Muslime genauso geheimnisvoll und unerklärlich wie der Tod. Die Frage „woher kommen und wohin gehen wir?" plagt Muslime besonders. Der Schriftislam verachtet das irdische Leben. Nach dem Koran bedeutet das Leben in der Welt zweierlei: Allah anzubeten[1] und seine Prüfungen zu bestehen[2]. Eine feste Hoffnung für das Leben nach dem Tod gibt der Islam trotzdem nicht. Die Geburt ist damit der Anfang einer Reise mit vielen Gefahren und einer unbekannten Endstation.

Die Geburt in den islamischen Ländern ist schon deshalb gefürchtet, weil die Mutter dabei sterben kann. Die Kindersterblichkeit ist in den islamischen Staaten sehr hoch. Daher hält man während der Entbindung einen Koran über den Kopf der Mutter. Man hofft, dass sie ihr Kind dadurch leicht und heil zur Welt bringt.[3] Hier sehen wir, wie der Volksislam den Koran als Amulett benutzt.

„Der Junge erfreut, die Tochter trübt"

Wenn ein Junge zur Welt kommt, ist dies fast überall in der islamischen Welt eine große Freude. Nicht so erfreulich ist die Geburt eines Mädchens, es sei denn, die Familie hat genug Jungen und will nun auch eine Tochter haben. Im Irak sagt man: „Die Tochter ist kein Nachkomme, sie bringt den Feind nach Hause."[4]

Umgeben von Dämonen und „Engeln"

Während der vierzig Tage nach der Geburt muss die Mutter vorsichtig sein. „Denn die bösen Geister sind gerade in diesem Zeitabschnitt wirksam."[5] Der Volksglaube stellt sich Allah gerechter vor, als er in der islamischen Theologie beschrieben ist. Deshalb geht er von einem Schutz Allahs für das Kind aus. Man vermutet unsichtbare Wächter um das Kind herum. Wann immer das Kind heult oder lächelt, müssen sich Erwachsene als Zeichen des Respekts zu ihm drehen.[6] Heulende Kinder darf man in den ersten vier Monaten auf keinen Fall schlagen. Denn ihr Heulen ist in Wirklichkeit die Wiederholung des islamischen Glaubensbekenntnisses.[7]

Aus den „Volksweisheiten" kann man viel über die muslimische Familie erfahren. Ein Beispiel dafür ist die Deutung des Verhaltens des Kindes: „Lächelt der Junge im Schlaf, so ist es deshalb, weil die Engel zu ihm sagen: ‚Dein Vater ist gestorben und du bist sein Erbe.' Heult er, so ist es deshalb, weil die Engel zu ihm sagen: ‚Deine Mutter ist gestorben und du hast deine beste Freundin verloren.' Lächelt das Mädchen im Schlaf, so ist es deshalb, weil die Engel zu ihm sagen: ‚Deine Mutter ist gestorben und alle ihre Juwelen gehören dir.' Heult sie, so ist es deshalb, weil die Engel zu ihm sagen: ‚Dein Vater ist gestorben und du hast deinen besten Freund verloren.'"[8]

Der richtige Name

Ein wichtiges Ereignis ist die Namensgebung des Kindes. Der Gedanke, das Kind vor den Dämonen zu schützen und den Segen Allahs zu erlangen, spielt dabei eine große Rolle. In manchen Regionen der islamischen Welt gibt man den Jungen Mädchennamen und ruft sie mit diesen Namen, bis sie vier/fünf Jahre alt geworden sind. Es ist auch nicht selten, dass man den Jungen so lange Mädchenkleider anzieht. Der Grund für diese merkwürdige Sitte ist die Vorstellung, dass man dadurch die Dämonen verwirren und sie daran hindern könnte, dem Kind zu schaden.[9]

Oft gibt man dem Kind einen hässlichen Namen, um es zeit seines Lebens vor den Dämonen zu schützen. Diese Sitte ist sowohl im arabischen als auch im türkischen Volksislam verbreitet.[10] Der Name kann sogar dafür sorgen, dass die Mutter entweder keine Töchter mehr zur Welt bringt oder überhaupt nicht mehr schwanger wird. Zu diesem Zweck nennt man das letzte Kind „Es reicht"[11] oder „Es soll aufhören".[12] Hier weicht der Volksislam vom Vermächtnis Mohammeds ab, „den Kindern schöne Namen zu geben".[13]

Der Islam ist eine stark arabisch geprägte Religion. Wo immer er Wurzeln schlägt, dorthin bringt er auch die arabische Sprache. Die wachsende Islamisierung kann man vor allem an den Namen der Muslime erkennen. Namen aus dem eigenen Kulturraum machen überall in der islamischen Welt arabischen Namen Platz. Diese Sitte ist jedoch kein Befehl Allahs oder Mohammeds, sondern ein Brauch des Volksislam. Muslime geben heute ihren Kindern immer häufiger Namen der ersten Muslime. Diese Namen waren unter den Arabern lange vor Mohammed bekannt. So sind die Modenamen unter den Muslimen nicht immer die schönsten. Zu den beliebtesten Namen zählen „Weicher Stein" (Mädchenname)[14], „Lastkame-lin" (Männername)"[15], „Bösartiger Hengst" (Männername).[16] Was diese Namen in den Augen vieler Muslime so wertvoll macht, ist allein ihre arabische Herkunft.

Beschnittene Anhänger des unbeschnittenen Mohammeds

Die Beschneidung ist das offizielle Zeichen des Eintritts in die Gemeinde Allahs. Jedoch ist sie weder ein Gebot Allahs noch eine verbindliche Anweisung von Mohammed. Mohammed selbst war nicht beschnitten. Erst viel später wurde die Beschneidung im Islam zu einer Pflicht. Da entstand die islamische Legende, Mohammed sei bereits beschnitten zur Welt gekommen.[17]

Im Volksislam hat die Beschneidung einen sehr hohen Stellenwert. Wer beschnitten ist, dem schadet auch ein unislamisches Leben nicht. Der Beschnittene bleibt Muslim, wie „sündhaft" auch sein Leben sein mag. Dabei hilft dem Unbeschnittenen auch die höchste Frömmigkeit nicht. Ein Unbeschnittener ist in den Augen des Volkes kein Muslim. Aus diesem Grund bekehren sich christliche Männer, die Musliminnen heiraten möchten, nicht nur zum Islam, sondern sie lassen sich auch beschneiden.

Heirat

Die Ehe, wie sie in der christlich-abendländischen Kultur verstanden wird, ist dem Islam völlig fremd. Das Gesetz Allahs erlaubt den muslimischen Männern nicht nur bis zu vier Frauen zu heiraten, sondern auch eine unbegrenzte Zahl von Nebenfrauen zu unterhalten. Sicher haben die meisten Muslime nur eine Ehefrau und die Sklavenmärkte sind in der islamischen Welt weitgehend verschwunden. Dennoch gelten die „ehelichen“ Bestimmungen des islamischen Gesetzes „ewig“ und immer mehr Muslime machen davon Gebrauch.

Frau als Quelle des Übels

Der Islam überlässt die Frau ganz der Willkür des Mannes. Ist der Ehemann ein gewissensloser Zeitgenosse, so kann sie sich jederzeit vor der Haustür wiederfinden. Ein gewisses Ansehen bekommt sie nur als Mutter. Ein großer Nachteil für die Frauen ist die Vorstellung, dass sie eine dämonische Macht haben oder selber Dämonen sein könnten.[18] Deshalb empfiehlt Mohammed: „Wenn irgend jemand von euch eine Frau heiratet, soll er sie an ihren Haarlocken anfassen und sagen: ‚O Allah! Ich bete zu dir für ihr Gutes und was du in ihr an guten Neigungen geschaffen hast und ich nehme bei dir Zuflucht vor ihrem Übel und was du in ihr an üblen Neigungen geschaffen hast.‘“[19]

Auch im Volksislam gilt die Frau als potentiell „böse“. Sie kann auch selber Opfer des „Bösen“ werden oder unbewusst die bösen Mächte auf das Haus ihres Mannes locken. Um solchen Gefahren vorzubeugen, nimmt man in ihrem neuen Haus bestimmte Zeremonien vor.[20] Man glaubt einen besonderen Segen oder Schutz für die Ehe dadurch zu erlangen, wenn die Ehe an einem Freitag geschlossen wird. Dagegen gilt es als unglückbringend, „zwischen zwei Festen“ zu heiraten, weil Mohammed es verboten habe.

Vermeintliche Schützer und Helfer der Muslime im Alltag.

Wie jeder Mensch ist auch der Muslim nicht ohne Sorgen. Seine Lage ist sogar schlimmer. Die islamische Welt lebt mehrheitlich unter der Armutsgrenze. Die Regierenden sind korrupt, die Mitmenschen unzuverlässig und Allah ist unerreichbar fern. In dieser unbeschreiblichen Not bieten sich die „Heiligen“ als Helfer und Beschützer an, als Spender von Trost und Mut.

Überall in der islamischen Welt stößt man auf „Heilige“, die man meistens „Freunde Allahs“ nennt.[21] Einige „Heilige“ sind lebende Menschen. Oft sind sie Führer islamischer Bruderschaften. Ihre Anhänger sagen ihnen allerlei Wunder nach. Raum und Zeit würden für sie nicht gelten.[22] So seien sie imstande, die Zeit zum Stehen zu bringen oder eine Strecke von Tausenden Kilometern in einem Augenblick zu „fliegen“. Meistens dienen die „Wundertaten“ der lebendigen „Heiligen“ eher zur Selbstverherrlichung, als irgend einem Muslim zu helfen.

Hilfeschrei an die Toten

Viel berühmter und beliebter sind die toten „Heiligen“, deren Grabstätten zu den meist besuchten Orten gehören. Meistens sind es runde oder viereckige Bauten mit einer Kuppel. In der Mitte liegt der Sarg des „Heiligen“ umzäunt durch ein Gitter. Hat der Muslim ein wichtiges Anliegen, so geht er zum nächsten Heiligenmausoleum, „betritt das Grab, ohne die Schwelle zu berühren; man küsst eher die Schwelle und umwandelt das Grab mehrmals, fasst das Gitter an und betet die Fatiha (das erste Kapitel des Koran); mit den Händen, die das heilige Objekt berührt haben, streicht man vom Kopf hinab, so weit man kann."[23]

An der Entstehung der Heiligenverehrung ist der Islam mitschuldig. Denn der offizielle Islam bot den Menschen einen unerreichbaren Allah und eine unpersönliche Anbetung auf arabisch, einer Fremdsprache für meisten Muslime. Da war es zu erwarten, dass die Menschen anderswo Trost und Hilfe suchen würden. Als die Heiligenverehrung überall in der Welt des Islam überhand nahm und ihre Ausrottung unmöglich schien, wurde sie von den Gelehrten als eine islamische Sitte akzeptiert. Dabei handelten die islamischen Theologen wie ihr Meister Mohammed: „Was man nicht bekämpfen kann, muss man in den Islam aufnehmen."[24] Selbst einer der größten Theologen des Islam findet es eine gute islamische Sitte, die Gräber der „Heiligen" zu besuchen.[25]

Die große Ungewissheit: der Tod

Sicher stammen die meisten volksislamischen Begräbnissitten nicht aus dem Koran. Dennoch sind sie ein beredtes Zeugnis für die große Angst des Muslim vor dem völlig „offenen" Ende. Der Schriftislam kennt keine Heilsgewissheit. Er hält sie sogar für einen ketzerischen Gedanken. Somit hat der Islam die Angst vor dem Tod nicht überwältigt, sondern vergrößert. Wenn sogar Mohammed vor den Qualen des Grabes gezittert haben soll[26], kann man sich gut vorstellen, wie es den „normalen" Muslimen geht.

Tod in Mekka als „Paradiesticket"?

Um die Hoffnung auf das Paradies zu vergrößern, ließ sich der Volksislam interessante Gedanken und Mittel einfallen. Man glaubt beispielsweise, dass Muslime, die im Fastenmonat sterben, ins Paradies gehen würden.[27] Ähnliche Hoffnung hegen auch die Mekka-Pilger. Obwohl der Schriftislam für die Wallfahrt nach Mekka auch eine gute körperliche Verfassung voraussetzt, bilden gebrechliche alte Menschen unter den Pilgern beinahe die Mehrheit. Denn viele hoffen insgeheim, während der Wallfahrt „in den heiligen Stätten" zu sterben, um dadurch vielleicht ins Paradies zu kommen.

Anbetung in Vertretung

Jeder Muslim weiß, dass er die Gebote Allahs nicht immer eingehalten hat. Zwar kann auch die genaueste Befolgung der Gebote Allahs keine Heilsgewissheit bringen. Die Hoffnung auf das Paradies wird jedoch durch die Missachtung des islamischen Gesetzes noch kleiner. Besonders gefährdet sind deshalb solche Muslime, die zu ihren Lebzeiten nicht zu den frömmsten zählten. Wie kann man solchen Muslimen helfen? Dazu erfand der Volksislam eine eigenartige Lösung. Man lässt einen Mullah oder mehrere Mullahs mehrfach den ganzen Korantext rezitieren und sorgt dafür, dass möglichst viele Menschen bestimmte Gebete sprechen; zum Schluss bittet man Allah, den Lohn dieser Gebete auf die Lohntafel des Verstorbenen zu schreiben.[28]

Der Schriftislam verspricht seinen Anhängern weder in der Welt noch im Jenseits Gutes. Das irdische Leben ist nach dem Koran voller Prüfungen, welche der Muslim bestehen muss. Was auf den Muslim nach dem Tod wartet, ist jedoch ungewiss. Der Volksislam versucht dagegen, den Muslimen das Leben in der Welt zu erleichtern und die Hoffnung auf das Paradies zu „vergrößern". Dies stößt jedoch auf erbitterten Widerstand des Schriftislam.

Anmerkungen

1 Koran, 51:56.
2 Koran, 2:155; 21:35; 67:2.
3 Granquist, S. 62.
4 Samarra´i, S. 8.
5 Graquist, S. 104.
6 Paolini, S. 24.
7 Tritton/Islam, S. 169.
8 Trotter, S. 344.
9 Zwemer, S. 94.
10 Muratoglu, S. 20.
11 Auf arabisch *kafa*, auf türkisch *yeter.*
12 Auf arabisch *nihaya*, auf türkisch *dursun* (Muratoglu, S.22).
13 Abu Dawud, *adab* 69.
14 Marwa/ Merve (Firuzabadi, S. 1719).
15 Dudschana/Dücane (Firuzabadi, S. 1543).
16 Mus´ab (Firuzabadi, S. 135).
17 Abu Nu´aym, S. 154.
18 Mohammed sagt: „In drei Dingen ist böses Omen: Pferd, Haus und Frau“ (Bukhari, *djihad* 47).
19 Abu Dawud, *nikah* 44; Malik, *nikah* 52.
20 Heffening, S. 904.
21 *Awliya´llah*. Wörtlich: Diejenigen, die Allah am nächsten sind.
22 Kriss, Bd.I, S. 9f.
23 Schimmel, S. 259.
24 Selbst die strengsten Verteidiger des Islam sprechen in diesem Zusammenhang von "den Gesetzen der Altvorderen". Gemeint sind die Sitten und Bräuche nichtmuslimischer Völker. Diese können weiterhin gültig bleiben, solange sie „dem Gesetz Allahs nicht widersprechen (Zaidan, S. 263ff.).
25 Ghazzali, Bd. I, S. 444.
26 Ghazzali, Bd. I, S. 200.
27 Sahib, S. 396.
28 Granquist, S. 292; Nasuhi, S. 218.

V. Islam gegen Islam

Kaum starb Mohammed, schon erfolgte die erste Spaltung im Islam. Man ließ seinen Leichnam liegen und stritt heftig über seine Nachfolge.[1] Gefährdeter war sein „geistiges" Erbe. Man berichtet von mehreren „Lügenpropheten, die nach dem Tode Mohammeds auftauchten". Diese hat man restlos beseitigt.[2] Seitdem kam der Islam nie zur Ruhe. Die erste Spaltung war politisch. Daraus wuchs im Laufe der Zeit eine religiöse Spaltung zwischen der Mehrheit (Sunniten) und der Minderheit, die sich benachteiligt und von der Macht ausgeschlossen sah (Schiiten).

Entstehung des Volksislam

Der Islam war von Anfang an eine weltliche Religion. Bald bildete sich eine Schicht von Gelehrten, die nicht nur fromm, sondern auch reich und einflussreich waren. Diese Gelehrten standen im Dienste des Herrschers und waren meistens damit beschäftigt, die Staatspolitik islamisch zu rechtfertigen. Dazu erfanden sie nicht nur Sprüche von Mohammed, sondern manipulierten selbst den Koran.[3]

Als Reaktion auf die korrupten Palastgelehrten und ihren Islam entstand ein volkstümlicher Islam. Für dessen Vertreter kam es der Ketzerei gleich, für den Staat zu arbeiten.[4] Sie fanden alles Weltliche abscheulich. Ihr Ziel war, durch fromme Übungen und Verzicht auf weltliche Genüsse die „innere Reinheit" zu erlangen. Auch die Anhänger des volkstümlichen

Islam erfanden Sprüche von Mohammed und legten den Koran so aus, dass ihr Islam ganz im Sinne Allahs erschien.

Religiöses Wirrwarr

Die religiöse Spaltung der Muslime hinterließ ein religiöses Wirrwarr. Seitdem hat jede Richtung unter den Muslimen ihre eigenen Quellen. Die Sunniten haben ihre eigene Sammlungen von Sprüchen Mohammeds und ihre eigenen Kommentare zum Koran, die Schiiten ebenfalls. Zusätzlich gibt es Sprüche Mohammeds, die bei den Gelehrten hohes Ansehen haben, und solche, die im Volk sehr beliebt sind.

Islam gegen Islam

Der Volksislam war eine zu erwartende Folge des Schriftislam. Der Schriftislam bietet den Menschen weder eine persönliche Beziehung mit Allah noch eine Heilsgewissheit. Dem Muslim ist es außerdem untersagt, seine Religion zu verlassen, denn der Abfall vom Islam wird mit dem Tode bestraft. Was macht ein mit dem Schriftislam unzufriedener Muslim in dieser Lage? Entweder tut er weiterhin so, als wäre er ein gläubiger Muslim und führt ein heuchlerisches Leben. Oder er denkt, dass der Schriftislam nicht der wahre Islam sei, weil der „wahre Islam" nicht so abstoßend sein könne. Genau diese Haltung war ausschlaggebend für die Entstehung des Volksislam und sie gilt auch heute. Der Volksislam ist die Antwort des Volkes auf den arabischen Islam Mohammeds.

Muslime erklären Muslime zu Abtrünnigen

Der Volksislam ist deshalb so beliebt und verbreitet, weil er den Muslimen das gibt, was sie im Schriftislam nicht finden. Er gibt ihnen das Gefühl, mit etwas Frömmigkeit Allah näher zu kommen, sogar von ihm geliebt zu werden. Und er gibt ihnen eine größere Hoffnung auf das Paradies. Man muss kein fanatischer Muslim sein, um zuzugeben, dass dies mit der Lehre Allahs im Koran nichts zu tun hat. Die strikten Anhänger des Schriftislam sagten deshalb dem Volksislam von Anfang an den Kampf an. Oft sprach man den Muslimen, die von einem persönlichen, sie liebenden Allah sprachen, den Glauben ab. Immer wieder wurden berühmte Muslime aus diesem Grund hingerichtet.[5]

Der Volksislam hat sich nicht nur einen persönlichen Allah zurechtgemacht. Er setzt seine Hoffnung auch auf „heilige" Persönlichkeiten, die mal als Vermittler zwischen Muslimen und Allah verstanden werden, mal als allmächtige Wesen, die selber die Anliegen der Menschen erfüllen können. Dies erklärt die Beliebtheit bestimmter Grabstätten in der islamischen Welt.[6] Solche Grabstätten finden wir heute nur in Saudi-Arabien nicht und das hat mit der Lehre der „Wahhabiten" zu tun.

Wahhabiten – die erbittertsten Feinde des Volksislam

Der Kampf gegen den Volksislam nahm im 18. Jahrhundert eine dramatische Wende. Eine neue islamische Bewegung ist entstanden, deren Anhänger man „Wahhabiten" nennt. Der Begründer der Bewegung, Muhammad b. Abdalwahhab (1703-1791) kam auf der Arabischen Halbinsel zur Welt und gewann einen mächtigen Stamm als Bündnispartner. Dieser Stamm hieß Saud. Zusammen bemächtigten sie sich bald größerer Teile Arabiens und verbreiteten mit Gewalt die neue Lehre. Aus dem damaligen Herrschaftsgebiet dieses Stammes wurde ein Staat, dessen Name auf diesen Stamm zurückgeht: „Saudi-Arabien". Die Lehre der Wahhabiten ist die offizielle religiöse Richtung dieses Staates.

„Zerstört die Gräber!"

Keiner hat den Volksislam so blutig bekämpft wie die Wahhabiten. Als sie 1812 die Herrschaft über Mekka übernahmen, zerstörten sie sogar die Gräber der nächsten Freunde Mohammeds. Ganze Friedhöfe fielen ihnen zum Opfer. Sie beriefen sich dabei auf einen Spruch Mohammeds, in dem er seine Gemeinde davor warnt, Grabstätten zu oft zu besuchen. Selbst Mohammeds Grab ist für sie unbedeutend, denn sie sagen: „Er ist gestorben und ein Toter hat nichts davon, ob man ihn besucht oder nicht." Deshalb wollten sie die Kuppel von der Grabstätte Mohammeds beseitigen.[7] Sie hatten bereits 1802 die irakische Stadt Karbala samt dem „heiligen Schrein" der Schiiten in Brand gesteckt.[8]

Der Volksislam und seine Verbündeten

Die fanatischen Wahhabiten mit ihrem „reinen Islam“ gewannen zwar hier und da Anhänger. Jedoch war die Mehrheit der Muslime ihnen feindlich gesinnt. Im Abwehrkampf gegen die Wahhabiten war der Volksislam nicht auf sich allein gestellt. Im 19. Jahrhundert wurden die Wahhabiten von der Türkei bekämpft. Denn der „reine Islam“ Arabiens war nicht nur eine religiöse, sondern auch eine politische Gefahr. Bald erschien eine Welle von Büchern gegen die Lehre der Wahhabiten. Ihre Verfasser waren angesehene arabische Gelehrte. Sie schrieben diese Werke meistens im Auftrag der Türken. Die Wahhabiten verbreiteten ebenso fleißig ihre „Missionsliteratur“. Die Propagandaschlacht geht auch heute unvermindert weiter.

Islamische Staaten stehen auf Kriegsfuß

Die islamische Welt bedeutet nichts anderes als eine Reihe von Ländern mit mehrheitlich muslimischer Bevölkerung. Eine politische und religiöse Einheit bilden diese Staaten auf keinen Fall. Diese fehlende Einheit hat auch einen religiösen Grund. Denn jeder Staat fördert den Islam, der seinen Interessen am besten dient. Ein Teil der islamischen Staaten fördert den Schriftislam. Zur Zeit sind der Iran und Saudi-Arabien die wichtigsten Förderer des Schriftislam. Andere islamische Staaten unterstützen eher den Volksislam oder lassen zumindest nicht seine Bekämpfung zu.

Der Volksislam enthält zwar jede Menge Aberglaube, der in der Tat nicht viel mit dem Islam Mohammeds zu tun hat. Er ist auch viel tiefer versunken in die Welt der Magie und Dämonen. Dennoch ist er zugleich friedlich und zeigt kaum Interesse an Politik. Gemäßigte islamische Staaten fördern deshalb den Volksislam. Der Schriftislam dagegen ist an der Politik genauso interessiert wie an der Anbetung Allahs. Er wird von strengen islamischen Staaten als die reine Lehre des Koran unterstützt. Der Konflikt wird nicht nur in der islamischen Welt ausgetragen.

Der Sieg des Schriftislams durch Ölgelder

Der Schriftislam erhielt in der zweiten Hälfte des 20. Jahrhunderts einen gewaltigen Auftrieb. Zum einen konnte Saudi-Arabien dank des erhöhten Ölpreises seinen Propagandaapparat zur Verbreitung des Islam erheblich ausbauen. Zum anderen wurde der Iran, ebenfalls ein Ölstaat, durch die Khomeini-Revolution zur zweitwichtigsten Missionszentrale des Islam. Durch „geistige" und materielle Unterstützung von diesen beiden Staaten wurde der Schriftislam ab den 80er Jahren des letzten Jahrhunderts zur wichtigsten politischen Kraft in der gesamten islamischen Welt. Er bekam einen neuen Namen: Fundamentalismus.

Der innerislamische Kampf in Europa

In der zweiten Hälfte des 20. Jahrhunderts beobachten wir nicht nur den Aufschwung des Schriftislam. Im selben Zeitraum findet auch eine zunehmende Einwanderung der Muslime nach Europa statt. Ab den

70er Jahren bildeten sich in den wichtigsten Staaten Europas zum ersten Mal in der Geschichte des Kontinents große islamische Minderheiten, deren Zahl bis heute ständig wächst. Damit wurde der innerislamische Konflikt nach Europa getragen. Streng islamische Staaten, allen voran Saudi-Arabien, handelten am schnellsten. Die ersten muslimischen Vereine wurden mit saudischer Hilfe gegründet. Auch der Iran war aktiv.

Ab Mitte der 80er Jahre bekam der Schriftislam in Europa Konkurrenz. Islamische Staaten wie Tunesien, Marokko und die Türkei beschlossen, ihre Bürger vor der „Vergiftung durch den Islam Arabiens und Persiens“ zu schützen. So haben wir es heute mit zwei Arten von Islam in Europa zu tun: dem Schriftislam, der immer als Moscheevereine organisiert ist; und dem Volksislam, der ebenfalls in Vereinen organisiert ist, jedoch nicht über eigene Moscheen verfügt. Türkische Alewiten im deutschsprachigen Raum und kleine Derwischorden sind Beispiele des organisierten Volksislam.

Der Schriftislam tritt zwar lauter und disziplinierter auf, vertritt jedoch nur eine Minderheit der Muslime – auch im Westen. Dagegen ist der Volksislam viel schlechter organisiert und bleibt weitgehend unberücksichtigt, obwohl die Muslime mehrheitlich ihm folgen. Europa spricht und diskutiert nur über die Forderungen des Schriftislam: Kopftuch, Moscheebau, Muezzinruf, „islamgerechtes Essen“ u.s.w. Folglich spricht man auch nur mit den Vertretern des

Schriftislam. Diese ungleiche Behandlung der beiden „Islame" kann in Zukunft zu Konflikten führen.

Anders als der Schriftislam ist der Volksislam unauffällig und weniger politisch. Für das Zusammenleben von Menschen verschiedener Kulturen mag er besser geeignet sein als der Schriftislam mit seiner strikten Befolgung der Scharia, des Gesetzes Allahs. Einen Trost, eine bleibende Hoffnung findet der Muslim auch im Volksislam nicht. Denn wie der Schriftislam will auch der Volksislam nichts von Jesus Christus wissen.

Anmerkungen

1 Tabari/Tar., Bd. III, S. 211.

2 Tabari/Tar., Bd. III, S. 227-342.

3 Ignaz Goldziher: *Die Richtungen der islamischen Koranauslegung*, Leiden 1920, S. 99ff.

4 Man erfand sogar Sprüche von Mohammed, die Muslime davor warnen, „Staatsposten" zu bekleiden (Muslim, *imara* 17; Abu Dawud, *wasaya* 4).

5 De Blois, S. 510ff.

6 Kriss, Bd. I, S. 16ff., 70ff., 315ff.

7 Peskes, S. 42.

8 Honigmann, S. 638.

Schlusswort

Als 2003 die ersten Bomben auf Bagdad fielen, flehten mauretanische Muslime „muslimische Dämonen“ an, westlichen Staats- und Regierungschefs das Leben zu nehmen. Diese „Gebetsgemeinschaft“ nannte sich „Mächte der Verborgenheit“.[1] Manch ein Ehemann in Saudi-Arabien erstattet Vermisstenanzeige für seine Frau und behauptet, sie sei von den Dämonen entführt worden.[2] Ein ägyptischer Polizist schlachtet seine Frau ab – angeblich „auf den Befehl der Dämonen hin“.[3] 1987 berichtete man gar, dass einige Dämonen in Saudi-Arabien zum Islam übergetreten seien.[4] Muslime sprechen über Geister und Dämonen so, als wäre ihr Dasein genauso selbstverständlich wie das der Menschen. Es ist diese Art von Islam, der den Alltag der Muslime prägt. Man nennt ihn „Volksislam“.

Der Volksislam ist eine Welt voller Geister und Dämonen. Dennoch ist er keine Fälschung des Islam, geschweige denn eine andere Religion. Denn es war Mohammed selbst, der in den Islam Teile des altarabischen Heidentums, damit auch seinen Dämonenglauben aufgenommen hat. Der Koran spricht über die Dämonen genauso oft wie über Menschen und Engel. Schließlich teilt Allah den Muslimen mit, wie sich eine Schar von Dämonen, entzückt vom Koran, zum Islam bekehrt habe.[5] Der Glaube an die Dämonen gehört zum Wesen des Islam. Der Volksislam hat ihn nur „weiterentwickelt“. In vielen Glaubensfragen mag es zwischen Volksislam und Schriftislam einige

Unterschiede geben. In einem Punkt sind sie einig: Jesus ist nur ein Mensch, auf keinen Fall der Sohn Gottes.

Die „Heiligenverehrung“ ist ein originaller Teil des Volksislam, den wir aus dem Koran nicht kennen. Auch die Verherrlichung Mohammeds ist ein Produkt des Volksislam. Denn nach dem Koran ist Mohammed nichts anderes als ein sterblicher Mensch. Für die Muslime war dies zu wenig. Ein Islam, der weder einen persönlichen Gott kennt noch eine Heilsgewissheit bietet, war für viele unerträglich. Man wollte Muslim bleiben, suchte jedoch gleichzeitig von irgendwo her Trost und Stütze. Diese Aufgabe erfüllen im Volksislam Mohammed und eine Unzahl von „Heiligen“, zu denen Muslime beten. Somit führte die Suche nach einem persönlichen Allah zu einer Vielgötterei.

Während der Westen mit dem islamischen Terror beschäftigt ist, dauert in der islamischen Welt ein Glaubenskrieg an. Der Volksislam wird von den fanatischen Anhängern des Schriftislam genauso angefeindet und verleumdet wie das Christentum. Man wirft dem Volksislam Ketzerei vor. Was der Schriftislam, vor allem saudischer Prägung, nicht ertragen kann, ist die Verehrung Mohammeds. Deshalb warnen saudische Gelehrte in ihren Pamphleten, den Geburtstag Mohammeds zu feiern. Mohammed ist tot und kann niemandem helfen, sagen sie. Muslime sollten sich nicht an „Heilige“ oder Mohammed, sondern nur an Allah wenden. Dieser innerislamische Konflikt findet heute auch in Europa statt. Der besser organisierte Schriftislam will die neuen muslimischen Minderheiten Europas zum „wahren Islam" bekehren.

Der „wahre Islam" ist eine sehr politische Religion. Deshalb versteht sich der Schriftislam nicht nur als Religion, sondern auch als eine politische Bewegung. Demgegenüber zeigt der Volksislam kaum Interesse an Politik und sucht sein „Heil" eher bei seinen „Heiligen". Dennoch ist beiden Lebensarten des Islam eins gemeinsam: Sie kennen den lebendigen Gott nicht. Deshalb findet der Muslim weder im Schriftislam noch im Volksislam eine Heilsgewissheit.

Aus dem Koran und dem religiösen Schrifttum der Muslime geht hervor, dass der Islam in erster Linie eine geistliche Herausforderung ist. Die Geister, die Allah rief, sind eine ernst zu nehmende Macht. Muslime haben großen Respekt vor dieser Macht und sie setzen auf sie – auch im Kampf gegen den Westen. Gerade im Islam wird es deutlich: „Wir haben nicht mit Fleisch und Blut zu kämpfen, sondern mit den Herren der Welt, die in der Finsternis herrschen, mit den bösen Geistern unter dem Himmel."

Anmerkungen

1 „Muritaniyyun yasta´inun bil al-quwa al-ghaibiyya", *al-Mustaqbal*, 23.03.2003.

2 „Ikhtifa zawdja bi-schakl ghamid fi makka", *asch-Scharq al-Awsat*, 03.10.2003.

3 „Musa´id schurta yadhbah zawdjatah bi-amr min al-djinn", *asch-Scharq al-Awsat*, 20.10.2003.

4 Schöller, S. 41.

5 Koran, 72.

Quellen

Abu Dawud: Sulaiman b. al-Asch´ath, *Sunan*, ed. Muhammad Muhyiddin Abdulhamid, I-IV, Beirut o.J.

Abu Nu´aym: Abu Nu´aym al-Isbahani, *Dala´il an-Nubuwwa*, ed. M. R. Qal´adji & A. Abbas, Beirut 1986.

Ahmad: Ahmad b. Hanbal, *Musnad al-Imam Ahmad*, I-VI, Kairo o.J.

Alusi: Muhammad Schukri, *Nihayat al-Arab fi Ma´-rifat Ahwal al-Arab*, I-III, Kairo 1924-25.

De Blois: F.C. de Blois, "Zindik", in: *Encyclopaedia of Islam*, Bd. XI, Leiden 2002.

Boratav: P.N. Boratav, "Djinn", in: *Encyclopaedia of Islam*, Bd. II, Leiden 1991.

Buhl: Frants Buhl: *Das Leben Muhammeds*, Darmstadt 1961.

Bukhari: Muhammad b. Isma´il, *Sahih*, I-VII, ed. Mustafa Dib al-Bugha, Beirut 1990.

Cook: Michael Cook, *Muhammad*, Oxford 1996.

Damiri: Muhammad b. Musa, *Kitab al-Hayawan al-Kubra*, I-II, Kairo 1893.

Djahiz: Amr b. Bahr, *Kitab al-Hayawan*, I-VII, ed. Abdussalam Muhammad Harun, Kairo 1938-58.

Donaldson: Allen Bess Donaldson, „The Koran as Magic", in: *Moslem World* (Bd. 27) 1937.

Fahd: T. Fahd, "Sihr", in: *Encyclopaedia of Islam*, Bd. IX, Leiden 1997.

Gardet: L. Gardet, "Allah", in: *Encyclopaedia of Islam*, Bd.*I, Leiden 1986.*

Ghazzali: Abu Hamid Muhammad, *Ihya Ulum ad-Din*, Kairo, I-IV, Kairo o.J.

Goldziher: Ignaz Goldziher, *Vorlesungen über den Islam*, Heildelberg 1910.

Granquist: Hilma Granquist, *Birth and Childhood among the Arabs: Studies in a Muhammadan Village in Palestine*, New York 1975.

Hamdani: al-Hasan b. Ahmad, *al-Iklil*, Bd. VIII, ed. Nabih Amin Faris, Princeton 1940.

Heffening: W. Heffening, "Urs", in: *Encyclopaedia of Islam*, Bd. X, Leiden 2000.

Hofmann: Murad Hofmann, *Islam*, Kreuzlingen 2001.

Honigmann: E. Honigmann, „Karbala", in: *Encyclopaedia of Islam*, Bd. IV, Leiden 1990.

Ibn Aqil: Abdullah b. Abdilaziz, *Fatawa asch-Schaikh*, Bd. I, Mekka o.J.

Ibn Hischam: Abdulmalik b. Hischam, *as-Sira an-Nabawiyya*, Bd. I-IX, Kairo 1936.

Isfahani: ar-Raghib al-Isfahani, *Mu´djam Mufradat Alfaz al-Qur´an*, Beirut o.J.

Isfahani/Muh.: ar-Raghib al-Isfahani, *Muhadarat al-Udaba wa Muhawarat asch-Schu´ara wa al-Bulagha*, I-III, Kairo 1908.

Ishak Efendi: *Sie waren nicht imstande zu beantworten*, Istanbul 2000.

Jomier: J. Jomier, „Ka´ba", in: *Encyclopaedia of Islam*, Bd. IV, Leiden 1990.

Kriss: Rudolf Kriss & Hubert Kriss-Heinrich: *Volksglaube im Bereich des Islam*, I-II, Wiesbaden 1960.

Krone: Susanne Krone, *Die altarabische Gottheit al-Lat*, Frankfurt 1992.

Macdonald: Duncan Black Macdonald, *The Religious Attitude and Life in Islam*, Chicago 1909.

Madjlisi: Muhammad Baqir, *Bihar al-Anwar*, Bd. XVI, Beirut 1986.

Mas´udi: Ali b. al-Husain, *Murudj adh-Dhahab fi Ma´adin al-Djawhar*, ed. M. le Barbier, A. Charles, C. Pallet, Bd. II, Beirut 1966.

Munawi: Abdurra´uf b. Tadj al-Arifin, *Fayd al-Qadir Scharh al-Djami as-Saghir*, I-VI, Beirut 1972.

Muratoglu: Malik Muratoglu, Yasar Kalafat, Cevdet Türkeroglu, *Türklerde halk inanclari*, Istanbul 1996.

Muslim: Muslim b. al-Hadjdjadj, *Sahih*, ed. Muhammad Fu´ad Abdulbaqi, I-IV, Kairo 1954-56.

Nasuhi: Nasuhi Bilmen, *Büyük Islam Ilmihali*, Istanbul 1986.

Nepton: Nina Nepton, *Saints and Sorcerers: A Moroccan Journey*, London 1958.

Paolini: John Paolini, "The Kablye Handling of Grief", in: *Moslem World* (Bd. 59), 1969.

Paret: Rudi Paret, *Mohammed und der Koran*, Stuttgart 1980.

Paret/Kon.: Rudi Paret, *Der Koran. Kommentar und Konkordanz*, Stuttgart 1986.

Peskes: Esther Peskes, „Wahhabiyya", in: *Encyclopaedia of Islam*, Bd. XI, Leiden 2002.

Qastalani: Ahmad b. Muhammad, *al-Mawahib al-Ladunniyya min al-Minah al-Muhammadiyya*, I-II, Beirut 1975.

Ritter: Helmut Ritter, "Die Mevlanafeier in Konya vom 11-17 Dezember 1960", in: *Oriens*, (Bd. 15) 1962.

Safi: Ahmed el-Safi, *Native Medicine in the Sudan*, Khartoum 1971.

Sahib: Muslim Mahdi al-Sahib, *Death and Death Ceremonies*, Karachi 1972.

Samarra´i: Yunus Schaich Ibrahim as-Samarra´i, *al-Adat wa at-Taqalid al-Ammiyya fi Samarra´*, Bagdad 1969.
Schibli: Badruddin Schibli, *Akam al-Marjan fi Ahkam al-Djann*, Kairo 1903.
Schimmel: Annemarie Schimmel: "Sufismus und Volksfrömmigkeit", in: *Der Islam*, hg. von M.D. Ahmad, J.C. Bürgel, K. Dilger u.a., Bd. III, Stuttgart 1990.
Schöller: Marco Schöller, "His Master's Voice. Gespräche mit Dschinnen im heutigen Ägypten", in: *Die Welt des Islams*, 1/2001.
Sell: Edward Sell, *The Life of Muhammad*, London 1913.
Tabari: Muhammad b. Djarir, *Djami al-Bayan an Ta´wil Ay al-Qur´an*, ed. Mahmud Muhammad Schakir, I-XXX, Kairo 1967.
Tabari/Tar.: Muhammad b. Djarir, *Tarikh al-Umam wa al-Muluk*, ed. Muhammad Abu al-Fadl Ibrahim, I-X, Kairo 1967.
Taftazani: Sa´duddin at-Taftazani, *Scharh al-Aqa´id*, Istanbul 1986.
Tirmidhi: Abu Abdillah b. Muhammad, *Sunan*, I-V, Kairo 1960.
Tritton: A.S. Tritton, "Spirits and Demons in Arabia", in: *Royal Asiatic Society Journal*, 1934.
Tritton/Islam: A.S. Tritton, *Islam, Belief and Practices*, London 1951.
Trotter: Lilias I. Trotter, „Superstitions in Algeria", in: *Moslem World* (Bd. 12), 1922.
Uludag: Süleyman Uludag, „Azaim", in: *Türkiye Diyanet Vakfi Islam Ansiklopedisi*, Bd. IV, Istanbul 1991.

Warneck: D. Warneck, "Mission unter den Heiden", in: *Realencycklopädie für protestantische Theologie und Kirche*, Bd. XIII, Leipzig 1903.
Wasiti: Muhammad b. Ahmad, *Fadha´il al-Bayt al-Muqaddas*, ed. Izhak Hasson, Jerusalem 1979.
Wellhausen: Julius Wellhausen, *Reste des arabischen Heidentums*, Berlin 1897.
Zwemer: Samuel Zwemer, *Childhood in the Muslim World*, New York 1915.
Zaidan: Abdulkarim Zaidan, *al-Wadjiz fi Usul al-Fiqh*, Istanbul o.J.